本书列入

2017年国家社会科学基金重大委托项目

"十三五"国家重点图书出版规划项目

中华传统文化百部经典

赵氏孤儿

纪君祥 著

董上德 解读

国家图书馆出版社

图书在版编目（CIP）数据

赵氏孤儿 /（元）纪君祥著；董上德解读 . — 北京：
国家图书馆出版社，2022.6（2025.4 重印）
（中华传统文化百部经典 / 袁行霈主编）
ISBN 978-7-5013-7505-9

Ⅰ . ①赵… Ⅱ . ①纪… ②董… Ⅲ . ①杂剧－剧本－
中国－元代 Ⅳ . ① I237.1

中国版本图书馆 CIP 数据核字（2022）第 009873 号

国家图书馆出版社官方微信

书　　名	赵氏孤儿	
著　　者	（元）纪君祥 著　董上德 解读	
责任编辑	潘肖蔷	
特约编辑	耿素丽	
责任校对	刘鑫伟	
封面设计	敬人设计工作室	

出版发行　**国家图书馆出版社**（北京市西城区文津街 7 号　100034）
　　　　　010－66114536　63802249　nlcpress@nlc.cn（邮购）
网　　址　http://www.nlcpress.com
印　　装　北京科信印刷有限公司
版次印次　2022 年 6 月第 1 版　2025 年 4 月第 2 次印刷

开　　本　710×1000（毫米）　1/16
印　　张　12
字　　数　154 千字
书　　号　ISBN 978-7-5013-7505-9
定　　价　36.00 元（精装）

编纂缘起

文化是民族的血脉，是人民的精神家园。党的十八大以来，围绕传承发展中华优秀传统文化，习近平总书记发表了一系列重要讲话，深刻揭示出中华优秀传统文化的地位和作用，梳理概括了中华优秀传统文化的历史源流、思想精神和鲜明特质，集中阐明了我们党对待传统文化的立场态度，这是中华民族继往开来、实现伟大复兴的重要文化方略。2017年初，中共中央办公厅、国务院办公厅印发《关于实施中华优秀传统文化传承发展工程的意见》，从国家战略层面对中华优秀传统文化传承发展工作作出部署。

我国古代留下浩如烟海的典籍，其中的精华是培育民族精神和时代精神的文化基础。激活经典，熔古铸今，是增强文化自觉和文化自信的重要途径。多年来，学术界潜心研究，钩沉发覆、辨伪存真、提炼精华，做了许多有益工作。编纂《中华传统文化百部经典》（简称《百部经典》），就是在汲取已有成果基础上，力求编出一套兼具思想性、学术性和大众性的读本，使之成为广泛认同、传之久远的范本。《百部经典》所选图书上起先秦，下至辛亥革命，包括哲学、文学、历史、艺术、科技等领域的重要典籍。萃取其精华，加以解读，旨在搭建传统典籍与大众之间的桥梁，激活中华优秀传统文化，用优秀传统文化滋养当代中国人的精神世界，提振当代中国人的文化自信。

这套书采取导读、原典、注释、点评相结合的编纂体例，寻求优秀传统文化与社会主义核心价值观之间的深度契合点；以当代眼光审视和解读古代典籍，启发读者从中汲取古人的智慧和历史的经验，借以育人、资政，更好地为今人所取、为今人所用；力求深入浅出、明白晓畅地介绍古代经典，让优秀传统文化贴近现实生活，融入课堂教育，走进人们心中，最大限度地发挥以文化人的作用。

《百部经典》的编纂是一项重大文化工程。在中宣部等部门的指导和大力支持下，国家图书馆做了大量组织工作，得到学术界的积极响应和参与。由专家组成的编纂委员会，职责是作出总体规划，选定书目，制订体例，掌握进度；并延请德高望重的大家耆宿担当顾问，聘请对各书有深入研究的学者承担注释和解读，邀请相关领域的知名专家负责审订。先后约有 500 位专家参与工作。在此，向他们表示由衷的谢意。

书中疏漏不当之处，诚请读者批评指正。

2017 年 9 月 21 日

凡　例

一、《中华传统文化百部经典》的选书范围，上起先秦，下迄辛亥革命。选择在哲学、文学、历史、艺术、科技等各个领域具有重大思想价值、社会价值、历史价值和学术价值的一百部经典著作。

二、对于入选典籍，视具体情况确定节选或全录，并慎重选择底本。

三、对每部典籍，均设"导读""注释""点评"三个栏目加以诠释。导读居一书之首，主要介绍作者生平、成书过程、主要内容、历史地位、时代价值等，行文力求准确平实。注释部分解释字词、注明难字读音，串讲句子大意，务求简明扼要。点评包括篇末评和旁批两种形式。篇末评撮述原典要旨，标以"点评"，旁批萃取思想精华，印于书页一侧，力求要言不烦，雅俗共赏。

四、原文中的古今字、假借字一般不做改动，唯对异体字根据现行标准做适当转换。

五、每书附入相关善本书影，以期展现典籍的历史形态。

趙氏孤兒

赵氏孤儿一卷 （元）纪君祥撰 元刻本 国家图书馆藏

趙氏孤兒大報仇

新鐫古今名劇酹江集

趙氏孤兒

元紀君祥著　明孟稱舜評點　劉啓胤訂正

正目

公孫杵臼恥勘問

趙氏孤兒大報讐

楔子

淨扮屠岸賈領卒子上云人無害虎心虎有傷人

意當時不盡惜通後空淘氣其乃晉國大將屠岸

賈是也俺主襄公在位文武千員其信任的只有

趙氏孤儿一卷　（元）纪君祥撰　明崇祯刻本　国家图书馆藏

目　录

导 读

一、纪君祥与《赵氏孤儿》杂剧

元代杂剧作家纪君祥，是中国古代戏曲史上有重要贡献的人物。他不算多产，可一部《赵氏孤儿》杂剧就足以彪炳千秋。

其生平资料颇为缺乏，据《增补本录鬼簿》（元钟嗣成撰，明佚名增补）卷上记载，纪君祥（《繁本录鬼簿》作"纪天祥"），大都（今北京）人。生卒年不详，只知道他与元杂剧作家李寿卿、郑廷玉同时，他们被钟嗣成录入"前辈已死名公才人"之列，均属于元杂剧的前期名家。

《增补本录鬼簿》纪君祥名下有明贾仲明于永乐年间补写的吊词，略述其所处的年代及剧目，其词曰："寿卿、廷玉在同时，《三度蓝关韩退之》，《松阴梦》里三生事。《驴皮记》、情意资。《冤报冤赵氏孤儿》。编成传，写上纸，表表于斯。"而著录纪君祥杂剧作品，则以《繁本录鬼簿》为详，计6种：《赵氏孤儿冤报冤》《韩湘子三度韩退之》《曹伯明错勘赃》《信安王断复贩茶船》《李元贞松阴梦》《驴皮记》。相较之下，《增补本录鬼簿》略有出入，纪君祥名下无《曹伯明错勘赃》；《李元贞松阴梦》则作"《松阴梦》"，并录其题目正名为"李元贞正果碧云庵，陈文图悟道松阴梦"①。

查李寿卿、郑廷玉所作剧目，可知在他们从事杂剧创作的时期，历史剧是重点关注的戏剧类型，像李寿卿有《说专诸伍员吹箫》《吕太后定计斩韩信》等，郑廷玉有《楚昭王疏者下船》《齐景公驷马奔阵》等；同时，"冤报冤"也是当时作家们颇为留心的戏剧关目，如郑廷玉曾作《冤报冤贫儿乍富》（以上剧目，均据王国维校订《录鬼簿》卷上②）。诸如此类的现象，多少折射出李寿卿、郑廷玉以及纪君祥等剧作家的创作氛围。

此外，明朱权撰《太和正音谱》，于"群英所编杂剧"条目下的元代部分著录纪君祥剧作 6 种，依次为：《韩退之》《松阴梦》《错勘赃》《驴皮记》《赵氏孤儿》《贩茶船》（以上均作简名）。朱权此书的元代杂剧部分是参照《录鬼簿》而编写的。

如今，纪君祥的作品大多已佚，存《赵氏孤儿》全本及《李元贞松阴梦》的一个残折（曲文 8 支，见《雍熙乐府》卷四）。

《赵氏孤儿》杂剧，《增补本录鬼簿》录其题目正名为"义逢义公孙杵臼，冤报冤赵氏孤儿"。这是春秋时代发生在晋国的一个著名故事。

该故事的蓝本见汉司马迁《史记·赵世家》（汉刘向《新序·节士》《说苑·复恩》分别做了节录，可视为该故事的转写与流传已于汉代开始），讲述晋国政权内部的一场生死倾轧：故事的反面人物是受到晋灵公宠幸的屠岸贾，正面人物是推翻了晋灵公而拥立晋成公的赵氏家族。晋国大夫屠岸贾得势，气焰嚣张，排挤政敌，擅自带领诸将攻灭赵氏，赵氏全族惨遭杀害。而在赵氏家族中，赵朔的妻子是晋成公之姊，她在赵朔死后隐匿宫中，产下遗腹子，即"赵氏孤儿"。屠岸贾派人到宫中搜索，未果；而孤儿已经秘密交托与赵朔的门客公孙杵臼及赵朔友人程婴。二人合计，谋取别人家的婴儿，由公孙杵臼佯作抱养；程婴依计假装出首"告发"公孙藏匿"赵氏孤儿"，公孙及别家婴儿均被杀害，而程婴则担负起养育赵氏孤儿的重任。屠岸贾遂以为赵氏家族已经"绝种"。而程婴在日后的漫长岁月里含辛茹苦，抚养赵氏孤儿成人，取名赵武。后来，晋景公得病，疑神疑鬼，问及赵氏后人，得知赵氏孤儿尚在人间，在同情赵氏的晋国大将韩厥等人的劝说下召见赵武、程婴。其后，赵武与诸将一起灭了屠岸贾家族。等到赵武 20 岁时，程婴自感职责已尽，自杀身亡，期待与当年就义的公孙杵臼相会于黄泉之下。赵武为之服丧三年。由此可见，这个故事的主旨本来侧重于讲述晋国的两个权贵家族的"私斗"。而在此"私斗"中，公孙、程婴二人身上的"门客义气"备受关注。

然而，纪君祥的《赵氏孤儿》杂剧，对这一题旨做了明显的改动，将"私斗"改为在中国古代政治生态里具有普遍意义的"正邪斗争"，将公孙、程婴等人的"义气"置于这一政治生态之中，淡化了其"门客"色彩，强化了其抗击邪恶的意志、激情、勇气和牺牲精神。他们各自做出重大牺牲，是为了急迫地救整个晋国"半岁之下、一月之上"的婴儿，更加凸显了善良人性的夺目光彩与人间正义的强大力量。这是以对历史与人性的深刻认知为基础的成功改写和杰出创作。

《赵氏孤儿》杂剧流传久远，良有以也。

二、《赵氏孤儿》与《史记·赵世家》的关系

《赵氏孤儿》的剧情，惊心动魄，曲折跌宕，兹引《中国曲学大辞典》"赵氏孤儿"条的剧情梗概如下：

> 剧写晋灵公时，奸佞屠岸贾残害忠良赵盾，抄斩赵氏满门，一

并杀死驸马赵朔。公主生下孤儿，屠岸贾意欲斩草除根，派韩厥把守宫门，不许放出赵氏孤儿。草泽医人程婴受公主之托，把孩子放在药箱内，携带出宫，韩厥放走程婴，并自杀以灭口。屠岸贾下令要杀全国小儿，献出孤儿者有赏。为了搭救孤儿和全国小儿，程婴与前中大夫公孙杵臼定下计策，将程婴儿子冒充赵孤，放在公孙杵臼家中，由程婴出首，并以孤儿为程子，由程抚养。公孙杵臼和程婴的儿子都被杀死，屠岸贾把出首人程婴视为心腹，并认程子实即赵氏孤儿为义子。二十年后，赵氏孤儿学就十八般武艺，程婴找机会向赵氏孤儿说明他的国仇家恨，赵氏孤儿杀死屠岸贾，韩厥、程婴、公孙杵臼等也受到封赏。③

可以肯定，《赵氏孤儿》杂剧的故事框架来源于《史记·赵世家》。

杂剧内含着几个标志性要素：1. 故事的"由头"，是屠岸贾与以赵盾为首的赵氏家族结怨，矛盾激化，屠岸贾非要灭掉赵氏全族不可，直至一个不剩；2. 故事的"核心"人物，是赵氏孤儿，他是赵盾的孙子，是赵盾之子赵朔与晋成公之姊庄姬（公主）所生的儿子，也是赵氏家族历经腥风血雨而唯一幸存下来的"种"；3. 故事的密切相关人物，有韩厥、程婴、公孙杵臼；4. 故事的紧要关头，是公孙杵臼与程婴作为赵氏家族的门客或友人，分别做出艰难之举：公孙杵臼与"假孤儿"惨死在屠刀之下，以此掩护"真孤儿"成功避世，而程婴含辛茹苦躲避山中，如爹如娘般地将孤儿抚养成人；5. 故事的结局，是孤儿长大，伺机为赵氏家族复仇。

以上数点，可与《史记·赵世家》对比研究。换言之，纪君祥在创作《赵氏孤儿》时，相当重要的"文本依据"是《史记·赵世家》。为了说明二者的密切程度，我们不妨梳理一下其中的对应关系。

首先，事件起因，且看《史记·赵世家》的相关叙述：

晋景公之三年，大夫屠岸贾欲诛赵氏。初，赵盾在时，梦见叔带持要而哭，甚悲；已而笑，拊手且歌。盾卜之，兆绝而后好。赵史援占之，曰："此梦甚恶，非君之身，乃君之子，然亦君之咎。至孙，赵将世益衰。"屠岸贾者，始有宠于灵公，及至于景公而贾为司寇，将作难，乃治灵公之贼以致赵盾，遍告诸将曰："盾虽不知，犹为贼首。以臣弑君，子孙在朝，何以惩罪？请诛之。"

晋景公三年（前597），大夫屠岸贾意欲将赵氏一族杀掉。当初，赵盾在世时，曾经梦见其先祖叔带扶着自己的腰哭了起来，接着却又笑出声来，还一边拍手一边唱歌。赵盾梦醒之后，觉得事有蹊跷，专门为此事占卜，卦象显示，这预示着一个先"绝"而后"好"的大转折过程。赵氏的史官援占一卦，解释道："这个梦很不吉利，但不幸之事并非发生在主公身上，而将会发生在您的儿子身上；虽然如此，事件却要归咎于您。到了您的孙子一辈，赵氏一族就会更加衰败了。"而屠岸贾当初进入朝廷时就已得到晋灵公的宠幸。晋灵公死后，到晋景公在位（灵公与景公之间隔着晋成公，为赵氏家族所拥立），屠岸贾升迁为司寇。他追究往事，借晋灵公之死向赵氏家族发难，因为杀死晋灵公的是赵穿，而赵穿是赵盾的庶侄，追究晋灵公之死的责任人就追到赵盾身上。于是，屠岸贾向大将们一一通告："赵盾虽不知情，但他是赵穿的长辈，也就是刺杀晋灵公的贼首。身为臣子而犯上弑君，其子孙仍然还在朝中，该采取何种方式惩罚其罪呢？唯有灭其全族！"

我们从这个事件的起因可以看到，晋灵公宠幸屠岸贾，屠岸贾最大的靠山就是晋灵公；晋灵公被杀，靠山一倒，屠岸贾比谁都紧张。晋灵公死后，赵氏家族扶助晋成公上位；晋成公在位七年而亡，这才轮到晋景公继位。晋灵公死于公元前607年，到晋景公三年即公元前597年（此据方诗铭《中国历史纪年表》），已经过去了十年时间。可以想见，屠岸贾在这十年里一直在伺机除掉眼中钉赵氏家族。等到晋景公时代，时机到了，"及至于景公而（屠岸）贾为司寇"。司寇一职掌管着刑狱、纠察等事，屠岸贾趁着自己升任此职，利用职务之便，于晋景公三年（前597）终于决定出手，先发制人，这就是"将作难"的动机所在。他紧紧揪住"凶手"赵穿与赵盾的"宗法"关系，将赵氏家族视为自己最大的生存威胁，必定除之而后快，用"以臣弑君"的罪状定了整个赵氏家族的死罪，并以此做朝中各位将领的工作，其"遍告诸将"的举动可见屠岸贾是想要获得将领们的普遍支持，保证灭掉赵氏家族的图谋得以顺利实施。

屠岸贾与赵氏家族的矛盾由于晋灵公之死而急遽激化，此一矛盾存续了较长时间，其性质属于统治集团内部的恩怨，是两个权势家族之间的恶斗。晋景公的重用终于让屠岸贾占了上风，赵氏家族处于被动挨打的境地。

其次，事件的阻力，再看《史记·赵世家》的相关叙述：

> 韩厥曰："灵公遇贼，赵盾在外，吾先君以为无罪，故不诛。今诸君将诛其后，是非先君之意而今妄诛。妄诛谓之乱。臣有大事而君不闻，是无君也。"屠岸贾不听。韩厥告赵朔趣亡。朔不肯，曰："子必不绝赵祀，朔死不恨。"韩厥许诺，称疾不出。

屠岸贾没有想到，将领之中竟然有人敢跟他说"不"，这位将领就是韩厥。韩厥对于屠岸贾的灭赵图谋当场表示反对，而且反对的理由也比较充分："灵公遇刺，当时赵盾在外地，先君成公早就认定赵盾无罪，故而没有追究，更没有动用极刑。如今，你们这些人要将赵盾的后人诛杀，这本来就不是先君的决定，而是你们的肆意妄为。肆意妄为，就是作乱。身为臣子，这么重大的事情而绕开国君背地里干，简直是目无国君！"面对韩厥的一番痛斥，屠岸贾充耳不闻。韩厥预知阻拦无效，赶紧向赵

盾的儿子赵朔通报，并劝告他尽速逃亡。赵朔不肯离开，原因是他本人
还有一个特殊身份，他是晋成公姐姐的丈夫，《史记·赵世家》记载："赵
朔，晋景公之三年，朔为晋将下军救郑，与楚庄王战河上。朔娶晋成公
姊为夫人。"即同样在晋景公三年（前597），赵朔在救援郑国的军事行
动中立功，在黄河边上打败了楚庄王，胜利的喜悦尚未消退；他也知道
屠岸贾不好对付，一则不愿逃亡，一则寄语韩厥，若有不测，请韩将军
护卫赵家香火，就算死了也没有遗憾。韩厥见赵朔如此表态，不好再说
什么，只好承诺顺从赵朔的意愿，随即称病不出。

　　韩厥称病不出，说明当时危局已定，对赵氏家族同时也对自己都极
为不利。这就反衬出屠岸贾已经成功与诸多将领联手去灭掉赵氏家族。

　　再其次，事件的恶化，看《史记·赵世家》的如下叙述：

　　　　贾不请而擅与诸将攻赵氏于下宫，杀赵朔、赵同、赵括、赵婴
　　齐，皆灭其族。

　　果然不出韩厥所料，屠岸贾在没有请示晋景公的情况下，擅自调遣
军将，包围下宫，一举诛杀赵氏全族，包括赵朔、赵同、赵括、赵婴齐等，
这就是史书上著名的"下宫之难"。所谓"（屠岸）贾不请而擅与诸将攻
赵氏于下宫"，足以说明此时的晋国，屠岸贾实际上掌控了军队，晋景
公成了摆设，以赵朔为首的赵氏家族随之灰飞烟灭。

　　值得特别注意的是，《史记·赵世家》里接着出现的"戏剧性事件"
正是由此生发而不见于先秦时代史书的记载。可以说，如果没有以下的
情节，就不会产生后世流传不衰的"赵氏孤儿"故事：

　　　　赵朔妻成公姊，有遗腹，走公宫匿。赵朔客曰公孙杵臼，杵臼
　　谓朔友人程婴曰："胡不死？"程婴曰："朔之妇有遗腹，若幸而男，

吾奉之；即女也，吾徐死耳。"居无何，而朔妇免身，生男。屠岸贾闻之，索于宫中。夫人置儿绔中，祝曰："赵宗灭乎，若号；即不灭，若无声。"及索，儿竟无声。已脱，程婴谓公孙杵臼曰："今一索不得，后必且复索之，奈何？"公孙杵臼曰："立孤与死，孰难？"程婴曰："死易，立孤难耳。"公孙杵臼曰："赵氏先君遇子厚，子强为其难者，吾为其易者，请先死。"乃二人谋取他人婴儿负之，衣以文葆，匿山中。程婴出，谬谓诸将军曰："婴不肖，不能立赵孤。谁能与我千金，吾告赵氏孤处。"诸将皆喜，许之，发师随程婴攻公孙杵臼。杵臼谬曰："小人哉程婴！昔下宫之难不能死，与我谋匿赵氏孤儿，今又卖我。纵不能立，而忍卖之乎！"抱儿呼曰："天乎天乎！赵氏孤儿何罪？请活之，独杀杵臼可也。"诸将不许，遂杀杵臼与孤儿。诸将以为赵氏孤儿良已死，皆喜。然赵氏真孤乃反在，程婴卒与俱匿山中。

事情竟有如此之巧：表面上，下宫之难的结果是"皆灭其族"，这是一个全称判断，似乎表明一个不留。可是，万没想到还有赵朔"遗腹"，而且，此"遗腹"就在晋成公姐姐庄姬的肚子里，尚未出世。此时，庄姬已经躲进晋景公的宫里。论辈分，庄姬是晋景公的姑姑，晋景公还是庄姬的晚辈，如果他是实权在握的话，没有道理保护不了这位姑姑。可是，屠岸贾根本不将晋景公放在眼里，咄咄逼人，气焰嚣张，不可一世；屠岸贾强势，晋景公弱势，正因为如此，朝廷内外，一片肃杀，连赵氏的门客、友人都是人人自危，甚至为了表明"忠义"而纷纷萌生自尽的想法，随赵氏而去，这就是赵朔门客公孙杵臼问赵朔友人程婴"胡不死"的背景。程婴也想过自尽，但是，从"忠义"的角度看，自己还有履行"忠义"的责任和义务，不能那么快就死掉，起码要为赵氏留下香火，到那时再去死也不迟，故而他回应公孙杵臼道："赵朔之妻腹中有孕，如果有幸生下男婴，我有责任将此男婴抚养成人；如果生下女婴，难以承继赵氏香火，真是这样的话，我再从容赴死吧。"过不多久，庄姬分娩，产下男婴。屠岸贾闻讯，立即到宫里搜寻，打算斩草除根。庄姬慌乱之间，将婴儿置于自己的绔（古时女子的裤管，外面还罩以下裙）中，念念有词，祷告道："赵氏血脉要是真的灭绝，你就哭吧；如果还不至于灭绝，你就给我默不作声！"等到屠岸贾的人入宫搜捕，男婴竟然一声不吭，安然躲过。与杂剧《赵氏孤儿》相比，《史记·赵世家》写男婴的逃脱算是万分顺利了：已然被带离内宫，就在程婴和公孙杵臼的手里。《史记》没有渲染孤儿出宫之难，完全是有惊无恐而已。相反，杂剧《赵氏孤儿》在如何"逃脱"一事上大做文章（详见下文）。不过，回到《史记·赵世家》的语境，我们可以看到，孤儿的侥幸逃脱并没有使得程婴和公孙杵臼松一口气，而是更为紧张，原因是程婴对公孙杵臼所说的："如今，尽管没有搜索出来，但是有了这一次就会有下一次，屠岸贾必定不会放过的，该如何是好呢？"公孙杵臼毕竟年长，考虑问题更为周密和长远，他问程婴："有一个紧迫的问题摆在了我们的面前：将孤儿抚养长大更难还是立即死掉更难？"程婴回应道："立即死掉易，抚养孤儿难。"公孙杵臼随即说："赵氏一门，向来待你不薄，你不如勉为其难去抚养那孤儿，我挑容易的事情来做，请让我先死吧。"于是，二人说好，设法找来一个别人家的婴儿顶替，用小花被包裹起来，由公孙杵臼背着逃往山中藏匿。程婴依计出首，对着搜捕的将军谎称："我程婴不够情分，不能将赵氏孤儿抚养；谁要是给我千金之价，我愿意说出孤儿现在藏匿何处。"众将领闻之大喜，满足程婴要求，军人随即跟着程婴入山抓捕公孙杵臼。公孙假装极为生气地说："好个程婴，无耻小人！当初下宫之难发生时，你没有追随赵氏主公而死，还跟我密谋如何藏匿孤儿，如今却竟然出卖我。纵然你抚养不了孤儿，又何至于要忍心出卖这无辜的婴儿呢？"只见公孙抱着"孤儿"，大声呼唤道："天啊天啊，赵氏孤儿何罪之有？请让他活下来吧，只杀我一个人就好了。"众将领没有答应，一并将公孙和"孤儿"杀害了。这些将领以为赵氏孤儿真的死了，可以向屠岸贾交差，终于放下心头大石，不禁喜形于色。可是，他们万没想到，真正的赵氏孤儿尚在人间，程婴成功携带孤儿藏身于山野之中。

后世的赵氏孤儿故事，包括纪君祥《赵氏孤儿》杂剧，大体是依照上述"情节"编写的。当然，《史记·赵世家》里的叙述还没有到此结束，且看"时隔十五年"的下文：

> 居十五年，晋景公疾，卜之，大业之后不遂者为祟。景公问韩厥，厥知赵孤在，乃曰："大业之后在晋绝祀者，其赵氏乎？夫自中衍者皆嬴姓也。中衍人面鸟噣，降佐殷帝大戊，及周天子，皆有明德。下及幽、厉无道，而叔带去周适晋，事先君文侯，至于成公，世有立功，未尝绝祀。今吾君独灭赵宗，国人哀之，故见龟策。唯君图之。"景公问："赵尚有后子孙乎？"韩厥具以实告。于是景公乃与韩厥谋立赵孤儿，召而匿之宫中。诸将入问疾，景公因韩厥之众以胁诸将而见赵孤。赵孤名曰武。诸将不得已，乃曰："昔下宫之难，屠岸贾为之，矫以君命，并命群臣。非然，孰敢作难！微君之疾，群臣固且请立赵后。今君有命，群臣之愿也。"于是召赵武、程婴遍拜诸将，遂反与程婴、赵武攻屠岸贾，灭其族。复与赵武田邑如故。

程婴秘密地将赵氏孤儿抚养成人，一晃就过了十五年。此时，碰巧晋景公生病了，颇为惶恐，以为遇到什么不利的事情，于是，占了一卦，得到的解释是：曾经有盛大功业的家族，其后代不顺心，以"不遂"而"作祟"。晋景公问身边的大将韩厥如何应对，韩厥暗里知道赵氏孤儿尚在人世，回答道："有盛大功业的家族而在晋国断了香火的，不就是赵氏吗？其先祖是中衍，自中衍以下都姓嬴。中衍的长相是人面而鸟嘴，降临凡间，辅助殷帝太戊；其后代辅助周天子，皆有德政。到了周厉王、周幽王的时代，周天子昏聩无道，叔带离开周王朝的都城而到了晋地，辅助晋国先君晋文侯，一直到晋成公时期，赵氏家族世世代代均有功勋，也未曾断过香火。可是，就在我们这一代，我的君主，您将赵氏这一族给灭了，我们晋国人对此深感哀痛，龟策上所显示的就是这些内情。惟望君主图谋良策。"晋景公问："赵氏家族如今还有延续香火的子孙吗？"韩厥趁机将赵氏孤儿留在人世的事情和盘托出。于是，晋景公跟韩厥谋划将孤儿立为赵氏家族的后继子孙，将孤儿秘密接回宫里。众将领牵挂着晋景公的病情，入宫请安，晋景公早已授意韩厥精心布局，人多势众，胁迫诸位将领承认赵氏孤儿的身份，并且与之见面。孤儿大名赵武。诸位将领见状，不得不表态，并加以辩解："当年发生下宫之难事件，纯粹是屠岸贾策划的，他假传君命，命令我等依从；要不是这样，谁敢作难呢？其实，就算君主身体无恙，我等本来就想着要立孤儿为赵氏之后；如今，君主有令，实在是我等内心之愿啊！"于是，晋景公召来赵武、程婴，二人与众将领一一施礼相见。众将领反过来帮助程婴、赵武围攻屠岸贾，将其一族灭掉。晋景公将赵氏原有的封地采邑重新赐予赵武。

经过以上的梳理，《赵氏孤儿》杂剧与《史记·赵世家》的关系一目了然。

不过，《赵氏孤儿》杂剧与《史记·赵世家》又存在着明显出入，即司马迁写韩厥在孤儿秘密离开宫里后一直活着，15 年后还辅助赵武为家族复仇；而杂剧写韩厥在孤儿秘密离开宫里时为免除程婴的后顾之忧而自行"灭口"，悲壮地牺牲。

还有，两相对比，《史记·赵世家》与《赵氏孤儿》杂剧也有一处很大的不同，且先看《史记·赵世家》的写法：

及赵武冠，为成人，程婴乃辞诸大夫，谓赵武曰："昔下宫之难，皆能死。我非不能死，我思立赵氏之后。今赵武既立，为成人，复故位，我将下报赵宣孟与公孙杵臼。"赵武啼泣顿首固请，曰："武愿苦筋骨以报子至死，而子忍去我死乎！"程婴曰："不可。彼以我为能成事，故先我死；今我不报，是以我事为不成。"遂自杀。赵武服齐衰三年，为之祭邑，春秋祠之，世世勿绝。④

再过了5年，赵武到了举行"冠礼"之时，即年满20岁，程婴觉得自己的责任和义务已经完成，于是决意辞别诸位大夫，并对赵武说："当年，发生下宫之难时，人人无惧赴死；我活了下来，并非怕死，而是要设法保护和抚养赵氏之后。如今，赵武已经长大，可以自立，并且恢复了赵氏在朝中的地位，我现在可以从容地赴死，与泉下的赵宣子和公孙杵臼通报喜讯了。"赵武闻言，顿首痛哭，一再请求程婴不可轻生，说道："我甘愿侍奉您一辈子，哪怕再苦再难也要回报您的养育之恩。您怎么可以忍心丢下我而去呢？"程婴回应道："我可不能答应你。要知道，公孙杵臼当年就是知道我能够成事，才会先我而死的；如今，我如果不能下黄泉跟他和赵宣子通报一声，他们会以为时间过了这么久我还没有办成大事呢！"程婴于是自杀身亡。赵武为程婴守重孝，服齐衰之丧三年。同时，划出一块专门祭祀程婴的地域，春秋两祭，世代不绝。

而《赵氏孤儿》杂剧第五折没有程婴"自杀"的情节，最后写到的是赵武时年二十，当面念诵程婴对自己的莫大恩德；程婴得到晋国主公赐予的十顷田庄，赵武"袭父祖拜卿相"，二人望阙谢恩，全剧结束。

尽管如此，还应看到，《赵氏孤儿》杂剧故事框架所内含的几个标志性要素与《史记·赵世家》可以对应，即二者的主要部分是大体相关的。鉴于《史记》影响巨大，具有权威性，纪君祥依照《赵世家》的"独家"描述来改编"孤儿故事"，是毫无疑问的。

三、"赵氏孤儿"故事的历史真实性问题

有一个问题不可回避，即《左传》和《国语》，是比《史记》更早的历史文献，它们都有关于春秋时期的晋国的不少记载，但是唯独均无"赵氏孤儿"故事。这是怎么回事呢？

《左传》里记载与赵氏相关的史料见于多处，如"文公六年""文公七年""宣公二年""成公四年""成公五年""成公八年"，以及"成公十七年"等。为避免烦琐，兹将相关史料扼要概述如下：赵朔的父亲赵盾，在晋襄公七年（即鲁文公六年，前 621）以"中军帅"身份"始为国政"，接替其已经去世的父亲赵衰（跟随重耳逃亡 19 年，返回晋国后，重耳即位，成了晋文公，而赵衰也就成为晋文公十分倚重的权臣）。晋襄公去世，晋灵公即位（即鲁文公七年，前 620），而赵盾极为鄙夷晋灵公的为人，晋灵公经常做出残民以逞的恶作剧，赵盾屡次劝谏而无效，两人矛盾日益加深。晋灵公十四年（即鲁宣公二年，前 607），灵公派遣杀手鉏麑暗杀赵盾，鉏麑有感于赵盾对晋国的忠义，不忍下手，进退维谷，只好触树而死。诸如此类的暗杀多次布置，而赵盾均能在义士的协助下及时脱险。就在此年，赵盾族人赵穿"杀灵公于桃园"，结束了晋灵公荒唐的一生。接着是晋襄公之弟晋成公继位，他在位 7 年而去世，其子晋景公继位。其间，赵盾于何时何地去世，史无明文，不得而知。延至晋景公十三年（即鲁成公四年，前 587），赵盾之子赵朔的妻子赵庄姬与赵婴齐（赵盾的同父异母弟）私通（可以推知，发生此类有伤家族风化事件的前提是赵朔已死，而赵朔与赵庄姬所生的儿子赵武，即后世所称之"赵氏孤儿"已然在世），此事在赵氏家族内引发激愤，以为此事极端败坏赵氏家族的声望。于是，在晋景公十四年（即鲁成公五年，前 586），与赵婴齐同父同母的兄弟赵同、赵括（均为赵衰之子）愤然将赵婴齐放逐到齐国，同时拆散了赵婴齐与赵庄姬的"私情关系"。过了

三年，晋景公十七年（即鲁成公八年，前 583），赵庄姬不甘心自己与赵婴齐的"关系"被拆散，加上对赵同、赵括一直怀恨在心，干脆在晋景公面前诬陷赵同、赵括谋反，并且与当时晋国的权贵栾氏、郤氏串通，让栾氏、郤氏出面作证。晋景公听信了他的姑姑赵庄姬的谗言与拥有相当势力的栾氏、郤氏的"证词"，于该年的六月发动了剿灭赵同、赵括的行动，此乃所谓"灭族事件"。与此同时，《左传》明文记载："（赵）武从姬氏畜（蓄）于公宫。"可以推知，跟随赵庄姬躲进晋景公内宫的赵武，此时已经是孩童，而绝不会是"刚出生的婴儿"。事件发生后，本来是赵盾门客的韩厥挺身而出为赵氏家族说话，在晋景公面前历数赵衰、赵盾等为晋国立下的功勋，并说如此忠烈之门而其后代得不到地位，会令人心寒。《左传》明文记载："乃立（赵）武，而反（返）其田焉。"换言之，韩厥的一番话还是有效的，赵武就是因为韩厥仗义执言而重新获得一度被褫夺的田地，并正式"归宗"，日后活跃于晋国的政治舞台，成为《国语》里经常提到的"赵文子"，成为春秋末年"分晋三家"之"赵"的先祖。顺便一提，有一条很重要的旁证，足以证明赵庄姬不是好人，《左传》成公十七年记韩厥的话："昔吾畜（蓄）于赵氏，孟姬（即赵庄姬）之谗，吾能违兵。"当年，晋景公、栾氏、郤氏等联手攻灭赵氏时，韩厥痛恨赵庄姬，不愿发兵去剿灭赵同、赵括而置身事外。在韩厥心目中，赵庄姬即赵武的母亲是赵氏家族的罪人，其间的因果关系耐人寻味，"因"是"孟姬之谗"，"果"是赵氏"灭族"，韩厥只是没有参与而"吾能违兵"，但是，也不能改变赵氏"灭族"的命运（《国语·晋语六》记韩厥语，完全相同，可以互证）。

　　在这里，有必要插入《史记·晋世家》的记载："（晋景公）十七年，诛赵同、赵括，族灭之。韩厥曰：'赵衰、赵盾之功岂可忘乎？奈何绝祀！'乃复令赵庶子武为赵后，复与之邑。"这一段出自司马迁之手的记载，与《左传》基本一致，而与同样是太史公手笔的《史记·赵世家》

大为不同，后者明文记载："晋景公之三年，大夫屠岸贾欲诛赵氏。"时间不同（晋景公三年与晋景公十七年），事因不同（是屠岸贾灭绝人性，而不是赵庄姬刻意诬陷），事件性质不同（是奸邪屠岸贾谋害忠良，而不是风流成性的赵庄姬引发赵氏家族的内讧并激发了晋国权贵之间的恶性倾轧）。我们倾向于认为：《史记·赵世家》与《史记·晋世家》有不同的材料来源，后者主要参考传世的文献，而前者可能更为主要的是采纳了民间的传闻。二者分属不同的历史话语系统，司马迁兼容并蓄，不回避相互间的龃龉，客观上提供了在司马迁时代可谓新的历史观，即将传世文献与民间传闻纳入"互见法"，呈现历史进程中所出现的"杂色"，不求简单而粗暴的"一致"。

《左传》关于赵氏家族的记载有如下几点是可信的：1. 赵氏家族因与晋文公（重耳）关系特殊，在晋国享有较大势力。2. "灭族事件"的根由是复杂的，一来是赵氏家族内部的乱伦关系所引发；二来是当时晋国的公室利益与卿室利益的矛盾所引发（晋国的公室利益与卿室利益的矛盾，在晋灵公时期已经很严重，故而导致晋灵公意欲杀赵盾，也导致赵穿杀晋灵公；而这样的矛盾延续至晋景公时期，景公听信赵庄姬的谗言只是导火索）；三来是晋国卿室之间的矛盾所引发（栾氏、郤氏的参与即为明证）。以上诸种根由是复合并交错在一起的。3. 赵武在"灭族事件"发生之前已经出生，所以，《左传》以及《国语》，乃至于《史记·晋世家》均无"搜孤救孤"的故事。

《国语》里记载与赵氏家族相关的史料也是见于多处，该书一共 21 卷，《晋语》占了 9 卷，而《齐语》《吴语》各仅有 1 卷，《鲁语》《楚语》《越语》各仅有 2 卷。这样一比较，就可以看出，《国语》的作者对晋国的历史相对而言更为熟悉，所掌握的材料更为丰富。该书涉及赵氏家族的史料见《晋语四》《晋语五》《晋语六》《晋语七》《晋语八》《晋语九》。为避免烦琐，兹将相关史料扼要概述如下：《国语·晋语》所记载的赵氏家族人物主要有赵衰、赵盾、赵武、赵简子。赵衰是赵氏家族的"元老",而赵盾与赵武是祖孙,赵武与赵简子也是祖孙,这两对祖孙的故事构成了《国语·晋语》中的赵氏家族史料的主要内容:赵衰陪伴重耳逃亡到齐国,齐桓公善待重耳,还将女儿姜氏嫁给了重耳。重耳本来打算在齐国终老,姜氏看在眼里,急在心上,连忙找包括赵衰在内的随从商量,意欲激发重耳的斗志,鼓励他伺机返回晋国建功立业。重耳日后华丽转身成了晋文公,与此大有关系。故此,赵衰在晋国的地位是在晋文公继位之前就已经"建构"起来的。赵衰文武兼备,而其文化水平在重耳的随从之中是最好的,连重耳最信任的舅舅子犯也向重耳表明"吾不如(赵)衰之文也"(《晋语四》)。赵衰讲究"义",为人低调,懂得礼让,赵氏家族有凝聚力和号召力与此相关。赵衰的儿子赵盾在一定程度上继承了其父的品格,其为人的风范感动了意欲前来暗杀他的鉏麑,鉏麑"触庭之槐而死";赵盾善于观察和培养下属,韩厥就是他一手提拔的,故而韩厥对赵氏家族忠心耿耿(《晋语五》)。赵盾的孙子赵武20岁举行加冠礼,得到赵氏家臣的劝勉和扶助(没有提及赵武的出生故事,也没有提及赵武"复仇"),赵武也逐步得到重用,统领"新军",地位也不断提升,更有幸得到为人低调、行事风格颇似赵盾的魏绛的辅助(《晋语七》)。赵武有时做事不够谨慎,也幸有身边的人及时提醒,赵武尚能接纳和纠正(《晋语八》)。赵武的孙子赵简子,为人任性,不无跋扈,其身边多有家臣劝谏,最有意思的一次是晋大夫邮无正(原为赵武家臣)劝阻赵简子的莽撞行为,话语中提及赵简子的祖父赵武少时"从姬氏于公宫"的事情(《晋语九》),此即《左传》成公八年所记载的晋景公十七年"晋讨赵同、赵括"事件,二者可以互证,从而得知,《国语》作者如此熟悉赵氏家族的事情,如果有"搜孤救孤"那般惊心动魄的情节,一定不会遗漏。

《国语》关于赵氏家族的记载有如下几点是可信的:1. 赵衰奠定了赵

氏家族在晋文公时期及其以后的崇高地位。2.《国语》作者认定赵衰、赵盾、赵武、赵简子是该家族里的重要人物；至于赵朔，没有予以重视。3.《国语》作者相当熟悉晋国历史，书中却只字不提"赵氏孤儿"及"搜孤救孤"故事，可知这类故事属于民间传闻系统，不属于历史文献系统。

　　《左传》《国语》乃至于《史记·晋世家》，它们的相关史料构成了一个"历史文本"，其中的主要事件是"晋杀其大夫赵同、赵括"。它暴露了春秋时期晋国的内在矛盾和危机，细分一下，有如下四种现象：一是晋国出现"君弱臣强"局面，是晋文公以后晋国各方政治势力不断角力、相互内耗的结果；二是处于强势的权力族群不止一个，有赵氏、栾氏、郤氏等；三是由于曾经辅助晋文公的原因，几大权力族群之中，以赵氏为最大和最显赫，但同时赵氏的政治对手也是最多；四是赵氏家族之内由于乱伦等原因发生内部矛盾，矛盾演变为不可调和的冲突，乃至于不断激化，终于到了不可收拾的地步，这就成了"晋杀其大夫赵同、赵括"的导火索。

　　而与之相较，《史记·赵世家》里所讲述的"赵氏孤儿"，不妨看作是一个"故事文本"，它与以上的"历史文本"有着相关性，即二者的"契合点"在于春秋时期的晋国存在着对赵氏家族诸多不利因素，无非是因为赵氏在晋国的政治势力范围内较长时期一家"坐大"，成为其他权力家族的"众矢之的"，后者积累到足够的力量就必然除之而后快。

　　然而，不能不看到，《史记·赵世家》的"故事文本"毕竟与《左传》《国语》《史记·晋世家》等所呈现出来的"历史文本"差别太大，事件缘起、发生时间、人物关系、核心情节、中间过程等等，均有诸多"错位"而难以一一对应，更无法将"文学化的故事"复原为"历史性事件"。有学者花了很大力气以不断"证伪"的方式来将"故事文本"还原为"历史文本"，依然是头绪纷乱、云里雾里、不得要领，反而失去了"故事的趣味"。

　　不妨换一个角度看，司马迁写《史记·赵世家》，自然有其"资料来源"，可能是来自不无虚构成分的故事传说（有学者认为是"全采战国传说"）⑤。清顾炎武《日知录》卷二十六"史记"条有一个基本的判断："凡《世家》，多本之《左氏传》；其与《传》不同者，皆当以《左氏》为正。"⑥以此观之，我们有理由推断，《史记·赵世家》没有依照《左传》等"古书"来写，必有其原因。所谓"凡《世家》，多本之《左氏传》"，是基本事实，司马迁本就是精研并极端推崇《春秋》的专家，他说过："拨乱世反之正，莫近于《春秋》。《春秋》文成数万，其指数千；万物之散聚皆在《春秋》。"还说："故《春秋》者，礼义之大宗也。"（《汉书·司马迁传》）不过，曾经南游江淮、北涉汶泗的司马迁，到处观遗风，访故旧，获益良多，他就注意到"幽厉之后，周室衰微，诸侯专政，《春秋》有所不纪"（《史记·太史公自序》），即他意识到，哪怕是《春秋》，其写法是执简驭繁，不可能什么都记录在案（有学者认为《春秋》记事"本不完备"，加以存在"传抄遗漏"。见杨伯峻《春秋左传注·前言》）；而司马迁本人的工作重点是"述故事，整齐其世传"（《汉书·司马迁传》），他明知道《史记·赵世家》的内容与《左传》不相符合，但为了"述故事"，而难以割舍。况且，他写作《五帝本纪》等，已经积累了收集和处理各种异闻传说的经验，不仅为了生动，而且是为了保存"异说"，并持守着一种信念："非好学深思，心知其意，固难为浅见寡闻道也。"（《史记·五帝本纪》）避免"浅见寡闻"，是司马迁的自觉行为，要非如此，《史记·赵世家》就不会留下传颂古今的"赵氏孤儿"故事了。更为主要的原因是，司马迁深为这个故事所感动，故事中的主人公如程婴、公孙杵臼等，他们的牺牲精神印证了司马迁自己的"死有重于泰山"（《报任安书》）的说法。他以如椽之笔写出了一段惊天地、泣鬼神的"传奇"。鲁迅曾经指出司马迁有着敏锐的神经，尤其对"弄臣"深恶痛绝："恨为弄臣，寄心楮墨，感身世之戮辱，传畸人于千秋，虽背《春秋》之义，固不失为史家之绝唱，无韵之《离骚》矣。"（鲁迅《汉文学史纲要》

第十篇《司马相如与司马迁》）正是如此，《史记》的内蕴有着超越史学的追求，这是《史记》的特质之一，鲁迅称之为"无韵之《离骚》"就是从这个角度说的。

虽然顾炎武"其与《传》不同者，皆当以《左氏》为正"的说法并无不当，但是，也不必一定要为"赵氏孤儿"故事洗脱其"传奇色彩"而还原为一个较为平实无奇的"晋国内讧事件"。事实上，就算司马迁版的"赵氏孤儿"故事与晋景公时期的晋国政治权斗的"真实"不相吻合，但是有一点是真实的，即司马迁十分珍爱这个故事，并寄寓着"述往事，思来者"（《报任安书》）的意图，从"心态史学"角度看，这样的真实性对于研究司马迁以及西汉士大夫心态，具有重要的史学意义。

无独有偶，西汉著名学者刘向，生活于司马迁之后的汉元帝、汉成帝时代，他熟读《史记·赵世家》，所编《新序》《说苑》都收入司马迁版的"赵氏孤儿"故事，分别见《新序·节士》和《说苑·复恩》。从体例而言，这是不寻常的做法，因为刘向编《新序》在前，编《说苑》在后，他在《说苑叙录》中曾经声明"除去与《新序》复重者"，而司马迁版的"赵氏孤儿"故事显然例外，均见于两书之中。仔细加以辨析，刘向在文字处理上各有侧重，《新序·节士》里的"赵氏孤儿"故事着意表彰了程婴、公孙杵臼，他们均为"节义之士"；《说苑·复恩》里的"赵氏孤儿"故事凸显了程婴和韩厥，他们都是感念赵氏的恩义而不辞万难、持之以恒地加以回报（参见本书附录二）。无论"节士"还是"复恩"，都符合刘向"风化天下"的著述宗旨。

司马迁与刘向，均称得上是西汉最博学之人，同时也是以严谨著称的学者。可是，他们一致地认可"赵氏孤儿"故事，其判断和写法已经超越史学范畴。或者说，他们为了表彰"忠义"，更倾向于以一种人文精神来看待"赵氏孤儿"故事，其"淑世"之心更为突出；他们都在各自的人生经历中分别遭遇过"李陵之祸"与"免为庶人"的横逆，对于违反纲常的行为和险恶的政治环境极为痛恨，对于强行挤压生存空间、动辄赶尽杀绝的"弄臣政治"深为厌恶。故而，他们在弘扬"赵氏孤儿"故事的意蕴之时也就超越了史家身份而发出了穿越时空的人生感喟与改造生存环境的深切期盼。

约形成于战国时期的"赵氏孤儿"故事，经由司马迁、刘向等名人而得以广泛传播，他们的著述在后代影响甚大。该故事代代相传，对后世的人们产生极大的心灵震撼。如东晋陶渊明《读史述九章》有《程杵》一题，诗曰："遗生良难，士为知己。望义如归，允伊二子。程生挥剑，惧兹余耻。令德永闻，百代见纪。"⑦此诗表达了陶渊明对程婴、公孙杵臼二人的敬仰与推崇之意。他在这一组诗的小序里写道："余读《史记》，有所感而述之。"可见他就是从《史记·赵世家》获知"赵氏孤儿"故事的。又如北周庾信，他有一首《和张侍中述怀诗》，其中有句云："畴昔逢知己，生平荷恩渥。故组竟无闻，程婴空寂寞。"清倪璠注云："《史记》曰：屠岸贾作难，公孙杵臼取他儿代（赵）武死。程婴匿赵武于山中十五年。因晋侯有疾，韩厥乃请立武为赵氏后。"⑧庾信感怀身世时也不禁想起程婴、公孙杵臼的往事。

直到元代，该故事依然令后人感动不已，故而产生了纪君祥的戏剧杰作。从《史记·赵世家》到杂剧《赵氏孤儿》，我们看到一个故事的跨文体的流变。

四、《赵氏孤儿》的版本与故事改动

《赵氏孤儿》的版本，现存元刊本一种（残本），收录于《日本藏元刊本古今杂剧三十种》；明刊本两种：其一是臧懋循编选《元曲选》本，其二是孟称舜编选《古今名剧合选·酹江集》本，二本文字基本相同，出入较少。

就折数而论，元刊本四折一楔子，而两种明刊本均为五折一楔子；前者符合元杂剧的通例，后者则是突破了元杂剧四折一楔子的体式通例。

元刊本的第四折写"赵氏孤儿"赵武已经长大，程婴趁机跟他讲述20年前的悲惨往事，赵武得知自己的惨烈身世之后，发誓要将世仇屠岸贾"剜了眼睛、豁开肚皮，摘了心肝、卸了手足"，最后他的唱词是："欲报俺横亡的父母恩，托赖着圣明皇帝福。若是御林军首（肯）把赵氏孤儿护，我与亢金上君王做的主！"全剧以此曲作结（剧本末页有"《赵氏孤儿》终"字样）。因元刊本《赵氏孤儿》只留唱词，科白全缺，未知剧中的科白是否写到杀掉屠岸贾的细节（或许当时的演出会有相应的道白来交代"冤报冤"情节）。

相较而言，明刊本比元刊本多出的一折即第五折写赵氏家族"沉冤二十年"，赵武出场，称"今早奏知主公，要擒拿屠岸贾，雪父之仇"；场面上依次出现屠岸贾被杀、赵武"复了本姓"、朝廷封赏赵武和程婴等的情节，赵武下场前的唱词是："谢君恩普国多沾降，把奸贼全家尽灭亡。赐孤儿改名望，袭父祖拜卿相。忠义士各褒奖，是军官还职掌。是穷民与收养，已死丧给封葬，现生存受爵赏。这恩临似天广。端为谁，敢虚让？誓捐生在战场，着邻邦并归向，落的个史册上标名留与后人讲。"考虑到明刊本《赵氏孤儿》打破了元杂剧的结构常态，其五折一楔子的写法不排除有明人在原来四折一楔子的基础上加以添改的可能，而且，这样的添改也有呈现出整个戏剧情节之完整性的必要。

鉴于元刊本已经残缺，为了论述方便，以下论及故事的改动，主要以更为通行的明刊《元曲选》本为依据（必要时与元刊本略作比较）。

前文已经指出：《史记》中的《赵世家》与《晋世家》均与晋国赵氏的家族史相关，而各有不同的材料来源，前者可能更多采纳了口耳相传的民间叙事；司马迁兼容并蓄，在《史记》一书内不回避相互间的抵牾，将民间传闻与传世文献一同纳入其史著中的"互见法"范畴，以期呈现出历史进程中存在着的"杂色"。就《赵世家》来说，其不无"小说家言"的叙事因素为后世的戏剧家们留下了可以进一步想象和发挥的余地。

《赵氏孤儿》杂剧就是一个典型例证，若以《赵世家》为参照，其剧情的改动则主要有如下几项：

1. 调整人物设定与重置"故事时间"

《赵氏孤儿》杂剧的反派人物是屠岸贾，其人的蓝本来自《史记·赵世家》（《史记·韩世家》也提及）。对于整个剧本而言，此人十分关键，一切的"戏"均由他所引发，少了他就没"戏"。

其实，《史记·赵世家》里的屠岸贾为何那么痛恨赵氏，要置之死地而后快，司马迁并无具体交代。我们只能从字里行间约略推知，屠岸贾受到晋灵公的宠幸。本来，在晋灵公的继位问题上，赵盾是反对并阻拦的，而灵公终究成功继位。赵盾依然对其为人极为不屑，经常规劝，以尽其"国政"之职责。无奈行为怪异且心理变态的灵公不听不理，二人的关系日渐紧张，灵公甚至非要除掉赵盾不可，形势对赵氏极端不利，乃至于身为赵氏家族成员的赵穿终于将灵公杀了；而屠岸贾其人，向来与灵公沆瀣一气，臭味相投，灵公之死对他而言是"顿失靠山"，按照主公的敌人就是自己的敌人的逻辑，屠岸贾对赵氏怀恨在心也就顺理成章了。他一直等待收拾赵氏的时机，结果，到了晋景公在位期间，身为"司寇"的屠岸贾伺机"翻炒"出"晋灵公之死"这篇旧文章，要找借口灭了赵氏家族。此外，《史记·韩世家》也有记载："晋景公之三年，晋司寇屠岸贾将作乱，诛灵公之贼赵盾。赵盾已死矣，欲诛其子赵朔。韩厥止贾，贾不听。"我们依照《史记·赵世家》和《史记·韩世家》的描述，大致可以梳理出以上的人物关系及其内在缘由。换言之，屠岸贾与赵氏结仇，是与灵公之死大有关系的，故而到了晋景公时期，屠岸贾要"法办"赵盾后人，结束赵氏"子孙在朝"的局面。

然而，《赵氏孤儿》杂剧在人物设定上有所调整，剧中的屠岸贾上场时自报家门："某乃晋国大将屠岸贾是也。俺主灵公在位，文武千员，其信任的只有一文一武：文者是赵盾，武者即某矣。俺二人文武不和，常有伤害赵盾之心，争奈不能入手。那赵盾儿子唤做赵朔，现为灵公驸马。某也曾遣一勇士鉏麑，仗着短刀，越墙而过，要刺杀赵盾，谁想鉏麑触树而死。……"（楔子）纪君祥要将杂剧《赵氏孤儿》的主要矛盾定位为"忠奸斗争"，而不是晋国的公室与卿室之间的内部权斗，故而将晋灵公谋杀赵盾的一连串阴险举动嫁接到了屠岸贾的头上（关于这些故事的嫁接，下文将有具体论析，此处不赘），让屠岸贾一上场就在其"自报家门"的长篇道白里一一交代。

同时，剧情发生的时间也锁定在"俺主灵公在位"期间，大概是受到《史记·赵世家》"屠岸贾者，始有宠于灵公"这一说法的启发。而剧情时间的重新设置（《史记·赵世家》记载屠岸贾"欲诛赵氏"是在晋景公三年），是为了让情节的安排更为集中，便于组织尖锐激烈且惊心动魄的戏剧冲突。这一点，杂剧与《史记·赵世家》在"故事时间"上存在着明显的错位。

与此相关，纪君祥对韩厥这一人物的处理也格外引人注目，可以说改动甚大。按照《史记·赵世家》和《史记·韩世家》的记载，韩厥在整个"赵氏孤儿"事件中扮演着相当重要的角色，尤其是若干年之后，到了晋景公十七年，韩厥终于等到时机为赵氏平反，并成功让一直隐居的赵武"正式出山"。无论如何，就史实而言，韩厥其人绝无"自杀"的可能。可是，杂剧《赵氏孤儿》写程婴带孤儿出宫，把守宫门的韩厥搜出孤儿，他却深明大义，让程婴赶紧离开，为了证明自己毫无二心，在程婴面前自尽，坚定了程婴"救孤"的信心。显然，纪君祥别具匠心地改变了韩厥原有的人物设置，将这一形象塑造成一名壮烈的义士。

至于程婴和公孙杵臼二人，也均见于《史记·赵世家》和《史记·韩世家》。司马迁在《韩世家》一篇的末尾郑重地写下一段"太史公曰"，表明他对韩厥以及程婴、公孙三人的品评："韩厥之感晋景公，绍赵孤之子武，以成程婴、公孙杵臼之义，此天下之阴德也。"在司马迁眼中，程婴、公孙杵臼这两个在历史上"没有名气"的人物与本来在先秦文献里就享有盛名的韩厥一样，同是顶天立地的义士。纪君祥构思《赵氏孤儿》杂剧，极力表彰程婴、公孙，可谓浓墨重彩，饱含激情，并有意做出超越历史事实的艺术创造。

总之，调整人物设定与重置"故事时间"，使得纪君祥在写作《赵氏孤儿》杂剧时赢得较大的"虚构空间"。

2. 改动关目与强化《赵氏孤儿》情节的戏剧性

上文已经指出，《史记·赵世家》与纪君祥《赵氏孤儿》杂剧存在明显出入，即前者写韩厥在孤儿当初秘密离开宫里之后一直活着，"十五年后"还辅助赵武为家族复仇；而后者写韩厥在孤儿当初秘密离开宫里时为免除程婴的后顾之忧而自行"灭口"，悲壮地牺牲。剧作家在调整人物设定的同时，也改动了故事关目，强化了杂剧情节的戏剧性。

我们看到，杂剧在"搜孤救孤"这一重大关目上文心甚细，用力极深，有不少成功的添加：

其一，细化了"搜孤"的过程。"搜孤"在原有的故事里只是简单的一笔，孤儿藏匿于母亲的套裤内，安静无声，躲过一劫。可是，剧作家没有放过这一可以"出戏"的情节，重新构思，将"搜孤"的过程写得惊心动魄、波澜迭起。屠岸贾得悉赵氏孤儿已经出生，马上下令："若有盗出赵氏孤儿者，全家处斩，九族不留。"情势极为严峻，气氛十分紧张，程婴以医生的身份入宫，为产妇调理汤药，暗中将孤儿藏于药箱之内；产妇哀苦托孤，然后自缢身亡，悲剧气氛变得更为浓重。而如何安全出宫，顿时成为程婴面对的最大难题。在此千钧一发之际，将军韩厥把守宫门，程婴能否"过关"，全看韩厥的态度。韩厥发觉程婴举止有异，翻检药箱，"真相"无法掩饰，程婴惊恐万状。然而，令程婴意想不到，韩厥正气凛然，顶天立地，不谋取私利，不趋炎附势，毅然"放行"，程婴喜出望外。可是，当韩厥催促程婴赶快离开之时，程婴又显得心事难除，脚步迟疑；韩厥为了让程婴消除疑虑，安心逃离，大义凛然，当即自尽，以免程婴后顾之忧。韩厥的壮烈牺牲导致剧情至此出现了一个小高潮。

其二，加大了"救孤"的难度。在剧中，程婴将"药箱"带出宫外，只是"救孤"的第一步，而更为艰险的情形还在后面。屠岸贾得知韩厥自尽、孤儿已被送出宫外，恼羞成怒，滥用淫威，下令将国中所有"半岁之下、一月之上"的婴儿全数杀害，以达到斩草除根的罪恶目的，其心狠手辣、绝无人性的形象更显突出。此一情节的添加，使得戏剧矛盾的性质发生了根本性的转变，这已经不再是权贵之间的"私斗"，而成为一场是剥夺还是捍卫全国婴儿生存权的严肃斗争。生灵涂炭，艰危异常，程婴心急如焚，寻访正直的公孙杵臼商议对策。程婴意欲将真孤儿托付给公孙，而将自己未满月的儿子"替换"成假孤儿，让公孙前去"告发"，父子一同就义，以此挽救赵氏孤儿以及全国婴儿的性命。此时，程婴 45 岁，而公孙年已古稀，公孙以为程婴尚在盛年，可以抚养赵氏孤儿成人，自己以七十高龄做出牺牲，更为"合算"，他要把死的机会"抢"过来。这是一次极为悲壮的"争抢"，一次惊天地、泣鬼神的"合作"，公孙牺牲了自己，而程婴也牺牲了自己的儿子。"救孤"之难，固然难在屠岸贾的淫威无处不在，更是难在公孙、程婴二人在间不容发之际面对着如何处置自我生命的艰难决断，可以说，就个体生存而言，世间之"难"，莫过于此。而正是在这样的时刻，剧中两位重要人物分别闪耀出人性的光辉，显示出义薄云天的气概。作品在韩厥就义之后再倾尽全力塑造出公孙杵臼与程婴的义士形象，两人共同作出的巨大牺牲构成了全剧的大高潮。

其三，赋予赵氏孤儿"双重身份"，情节更加奇谲多变。"救孤"之后过了20年，赵氏孤儿长大成人。此时，他有两重身份：他既是程婴的"儿子"，名叫"程勃"；他又过继给屠岸贾，成了家族仇人的"继子"，名叫"屠成"。这两重身份随时都会发生尖锐冲突。这正是剧作家构思剧情时的奇特之处。到了第四折，戏剧张力不仅没有减弱，而且有继续推高的势头，这又是剧作家的高明之举；剧本的第五折，赵氏孤儿成功复仇，也就成了顺理成章的事情。

3. 虚构场景与《赵氏孤儿》情节的空间感

《赵氏孤儿》毕竟是戏剧，戏剧一定要借助具体而特定的空间来呈现人物关系的变化和人物冲突的展开。上述"搜孤救孤"的关目在《史记·赵世家》里尚有着一定依据，可是，孤儿被救之后，故事如何后续，则是一片空白，因为《赵世家》只有一句话："（屠岸贾杀公孙与"孤儿"后）赵氏真孤乃反在，程婴卒与俱匿山中。"紧接着，司马迁写"居十五年，晋景公疾"，引出韩厥在晋景公面前"谋立赵孤儿"的情节，完全没有交代程婴在15年间是如何将孤儿抚养成人的。而作为戏剧，《赵氏孤儿》杂剧不得不有所虚构，将程婴、孤儿、屠岸贾之间的关系以"戏剧"的方式呈现出来。

在《赵氏孤儿》中，韩厥早已就义牺牲，不能如《赵世家》那样再利用这个人物来"勾连"程婴、孤儿这一条主线。于是，杂剧作家虚构出一个令人极感意外却又合乎人情世态的空间，即孤儿的成长环境，那就是屠岸贾的家！

有道是：最危险的地方也最为安全。剧本第四折，屠岸贾上场，自称："某，屠岸贾。自从杀了赵氏孤儿，可早二十年光景也。有程婴的孩儿，因为过继与我，唤做屠成。教的他十八般武艺，无有不拈，无有不会。这孩儿弓马倒强似我。就着我这孩儿的威力，早晚定计，弑了灵公，夺了晋国，可将我的官位都与孩儿做了，方是平生愿足。"换言之，杂剧作者为赵氏孤儿精心虚构了一个极为独特的成长环境，他就是在屠岸贾的眼皮底下长大成人的，并且，还有了一个新的身份，即成了屠岸贾的干儿子。

虽然是匪夷所思，可是，这也有着一定的情理依据。一来屠岸贾真的以为赵氏孤儿已经在其追杀之下丧命；二来哪怕程婴带着的小孩儿尚有"问题"，也在可控范围之内，收留程婴、收养小孩儿，正是"明智之举"；三来眼看着小孩儿日渐长大，武艺高强，可以成为自己夺取晋国权柄的有力助手。多方面的因素交织起来，屠岸贾的家成为赵氏孤儿的生活空间，是出于"艺术真实"的需要。

大体依据《史记·赵世家》改编的杂剧《赵氏孤儿》，作为一个戏剧作品，不能失却情节的空间感，这是戏剧本身的规定性所决定的。给予赵氏孤儿一个必要的成长空间，补足《赵世家》在叙事方面的欠缺，增强作品的丰富性和可信度，这些都是杂剧作家在编剧时要考虑到的。

杂剧的第四折、第五折以此为前提，展示了在屠岸贾家长大的赵氏孤儿（赵武）极为重要的"转变"，即由认屠岸贾为"爹爹"转为视屠岸贾为"屠贼"。在这个转变过程中，程婴颇费苦心，描画了一个复杂的"手卷"，找准机会，让赵武翻开来看，趁势讲解图中诸多故事，使得赵武不得不接受极端可怕而骇人听闻的家族惨史，一旦明了真相，赵武惊呼："元来赵氏孤儿正是我！兀的不气杀我也！……兀的不痛杀我也！"这就为第五折赵氏孤儿擒拿屠岸贾、"报了冤仇，复了本姓"做了较为充分的铺垫。

4. 故事嫁接与《赵氏孤儿》情节的丰富性

《史记·赵世家》的写法是以屠岸贾与赵氏家族的矛盾为主线，以救孤、藏孤和最后的复仇为主要情节，这些情节时间跨度较大，前后长达"十五年"之久，可谓叙事紧凑，不枝不蔓；最后还附了一个"尾声"，即再过了 5 年，到了赵武及冠之年，程婴眼见事情已经完满结束，自己的责任和义务也可以了结，于是"自杀"而赴黄泉向赵盾、公孙杵臼报讯。赵武为之悲痛不已，并"服齐衰三年"。整篇《赵世家》，也一字未提程婴如何向孤儿述说赵氏家族一波又一波的"家世惨史"。

如上文所分析，照应到戏剧叙事的需要，杂剧的写法不得不加以变通，对《赵世家》的故事框架有所突破。除了虚构赵氏孤儿的成长环境之外，剧作者还要将一些《赵世家》未及写到的相关故事嫁接起来，构成一段曲折、悲壮的"忠义人物牺牲史"。

在这里，不妨将元刊本与明刊本稍做比较。

先看元刊本第四折，从赵武的唱词可知，程婴待赵武 20 岁时，向赵武展示一幅手卷，上面画着桑树边的村夫、臂扶独轮的受伤之人、头触槐树而死的义士，还有伏剑自杀的男子、手抱着婴儿的老翁，赵武看着这些画面，满腹狐疑，不知详情："想绝故事无猜处，画着个奚幸（傒倖）我的闷葫芦。"（【石榴花】）可以推知，程婴随即一一向赵武解说，故而赵武听完之后唱道："元来这坏了的是俺父亲，咱家宗祖。说到凄凉伤心处，便是铁头人也放声啼哭。"（【普天乐】）不过，由于这是一个残本，里面的人物关系不大清晰。

再看明刊本的第四折，就可以明白以上提及的多个故事，是程婴以"说书"的方式向赵武详细讲述。明刊本第四折以较大的篇幅安排程婴一五一十地讲手卷上的故事：图画中"穿红的"是屠岸贾，"穿紫的"是赵盾，两人原是一殿之臣，但"文武不和"，屠岸贾一而再、再而三地谋害赵盾，赵盾却也接连得到义士们的救助：先是鉏麑为了不杀赵盾触槐而死，继而提弥明扑杀神獒救了赵盾一命，再有是灵辄一臂扶轮协助赵盾坐着独轮车逃出生天。

其实，这几个故事主要是从《左传》《国语·晋语》等先秦文献"嫁接"过来的（上述典籍的相关记载详略不同，但大体相近；而杂剧在故事形态上均有所改写），一定程度上改动了《史记·赵世家》原有的叙事格局，使得杂剧的故事情节更为曲折跌宕，丰富多姿。下面的对比和分析主要以《左传》为据。

且看"鉏麑触槐"。

《左传》宣公二年记载："晋灵公不君：厚敛以雕墙；从台上弹人，而观其辟丸也。宰夫胹熊蹯不孰，杀之，置诸畚，使妇人载以过朝。……宣子骤谏，公患之，使鉏麑贼之。晨往，寝门辟矣。盛服将朝。尚早，坐而假寐。麑退，叹而言曰：'不忘恭敬，民之主也。贼民之主，不忠；弃君之命，不信。有一于此，不如死也。'触槐而死。"

这本是发生在晋灵公与赵盾之间的一场矛盾冲突，时间是鲁宣公二年（前607），即晋灵公十四年（其在位的最后一年）。这场冲突发生之后的同一年，随后就爆发了"赵穿攻灵公于桃园"的重大事件，晋灵公为赵盾族人赵穿所杀（赵盾因而受到牵连，一度逃亡，后拥立晋成公，参见夏征农主编《大辞海·中国古代史卷》）。晋灵公为君不仁，强征暴敛，为的是建造殿宇。另外，此人劣迹斑斑，喜欢制造恶作剧，如从高台上用弹丸打人，为的是看看那些人躲避弹丸时的种种狼狈相；要是厨师煮的熊掌没有熟透，就杀了他，将厨师的尸体放在筐里，令妇人们抬着厨师的尸体丢到外边，经过朝堂。赵盾看见筐里露出的死人的手。身为长辈的赵盾实在看不过去，也忍受不了，于是屡次劝谏，而身为晚辈的晋灵公不仅毫不改悔，还视赵盾为眼中钉，必欲除之而后快，特地派遣鉏麑前往赵盾的寓所行刺。鉏麑一大早来到赵盾住处，只见赵盾已经打开房门，穿好朝服，整装待发，由于时间过早，而略为闭目养神。鉏麑见状，深为感动，颇有感触地说："为人恭谨如此，实在是老百姓的长官。刺杀老百姓的长官，就失去了忠义；可违背国君的指令，就失去了信义。眼下十分为难，二者必居其一，不如死了为好。"于是，触槐而死。

按说，晋灵公之后是晋成公，晋成公之后才到晋景公在位，鉏麑触槐远在"赵氏孤儿"故事发生之前。照《史记·赵世家》的说法，故事发生于晋景公三年（前597），而上距鉏麑触槐已经过了十年。杂剧《赵氏孤儿》嫁接"鉏麑触槐"，将故事的时间提前于晋灵公时代，将晋灵公与赵盾之间的矛盾冲突变为屠岸贾与赵盾之间的"文武不和"，将鉏麑的主公由晋灵公变为屠岸贾，将鉏麑眼中所见赵盾"盛服将朝"，改为"每夜烧香，祷告天地，专一片报国之心，无半点于家之意"（第四折）。《左传》里鉏麑不想杀赵盾是因为赵盾"不忘恭敬，民之主也"；而杂剧写鉏麑的心理活动是"我若刺了这个老宰辅，我便是逆天行事，断然不可"（第四折），境界有明显的提升，还为鉏麑的举动配了一首诗："他手携利刃暗藏埋，因见忠良却悔来；方知公道明如日，此夜鉏麑自触槐。"可以看出，剧作者着意借鉏麑的举动反衬赵盾的"忠良"形象。同时，更主要的改动是将鉏麑改为屠岸贾派遣的刺客，凸显屠岸贾的主观杀机。

再看"扑杀神獒"。

这同样是鲁宣公二年（前607），即晋灵公十四年发生的故事，主人公是提弥明。《左传》宣公二年紧接着"鉏麑触槐"之后又记载如下事件："秋九月，晋侯饮赵盾酒，伏甲，将攻之。其右提弥明知之，趋登，曰：'臣侍君宴，过三爵，非礼也。'遂扶以下。公嗾夫獒焉，明搏而杀之。盾曰：'弃人用犬，虽猛何为！'斗且出。提弥明死之。"

就在这一年的九月，已经过了中秋，晋灵公一招不灵又生一招，借口请赵盾喝酒而埋下伏兵，伺机杀掉赵盾。赵盾的车右保镖提弥明明察秋毫，十分警觉，不顾礼节，快步上殿，佯称："臣下侍奉国君饮宴，酒不过三爵，过了就不合礼仪。"随即扶赵盾下殿，打算赶紧离开。不料晋灵公还有"后手"，他嗾然呼唤一头神獒出来撕咬赵盾，提弥明见状，奋不顾身，与神獒搏斗，终于制服并杀之。赵盾嗔怒地说："用不上人就用狗，狗虽凶猛，又有何用！"一边斗杀一边退出宫殿。可惜提弥明为护卫赵盾而当场殉难。而杂剧没有提及提弥明当场殉难的细节，并且将其身份改为"殿前太尉"，不属于赵盾的亲随，只是出于正义感而举起金瓜，打倒神獒，用手揪住脑杓皮，则一劈劈为两半，掩护赵盾逃出生天。杂剧作家还为提弥明的举动配了一首诗："贼臣奸计有千条，逼的忠良没处逃；殿前自有英雄汉，早将毒手劈神獒。"同样，杂剧更主要的改动是将晋灵公改为屠岸贾，进一步凸显屠岸贾的主观杀机。

再看"灵辄相助"。

本来，杂剧第四折程婴有一段话："那老宰辅出的殿门，正待上车，岂知被那穿红的（即屠岸贾）把他那驷马车四马摘了二马，双轮摘了一轮，不能前去。傍边转过壮士，一臂扶轮，一手策马；磨衣见皮，磨皮见肉，磨肉见筋，磨筋见骨，磨骨见髓，捧毂推轮，逃往野外。你道这个是何人？可就是桑间饿夫灵辄者是也。"翻查史书，灵辄其人是有的，但所谓"一臂扶轮"的故事大概是传说，而且后起，不见于先秦典籍。

《左传》宣公二年将灵辄的出现与赵盾的出逃相联系，并铺垫了赵盾之所以得到灵辄相助的前因是曾经有恩于他："初，宣子（即赵盾）田于首山，舍于翳桑，见灵辄饿，问其病。曰：'不食三日矣。'食之……既而（灵辄）与为公介，倒戟以御公徒而免之。问何故。对曰：'翳桑之饿人也。'问其名居，不告而退，遂自亡也。"换言之，赵盾在遭遇晋灵公暗算之前，曾经到首山打猎，在翳桑暂住，看见一个叫灵辄的人饥饿难耐，问他得了什么病，灵辄道："没东西吃已经三天了。"赵盾给他食物，将他从生死线上救了回来。后来，灵辄应召做了晋灵公的侍卫，当赵盾遭遇晋灵公暗算之际，灵辄倒戟对付那些正要击杀赵盾的卫士，故而赵盾得以幸免于难，在灵辄的掩护下逃了出来。赵盾问灵辄何以在此危难之际施救，灵辄说："我就是您在翳桑所见到的饿夫啊！"再问其姓名和居所，灵辄不语，独自离开，从此逃亡无踪。杨伯峻《春秋左传注》于"不告而退"句下加注云："后人或疑灵辄既不自言其姓名，作《传》

者何由知之。不知其人既为灵公卫士，赵盾于事后必能得其名。亦犹鉏麑为灵公所使，必有人知其来历，作史者必能得之也。"看来，灵辄其人，并非虚构。

而灵辄"一臂扶轮"的情节，十分感人，也极为悲壮，如此有震撼力的故事，迟至宋代才有人指出最早见于南朝梁时的《类林》（此书已佚，说见宋王观国《学林》卷七）；而敦煌遗书古类书《语对》有如下记载："（灵）公怒，欲煞（赵）遁。遁走出门，将乘车。车一轮（灵）公已令人脱脚，唯有一未脱。（灵）辄扶遁上车，以手轴一头，驾半车而走，遂得免难。遁怪问之，辄曰：'昔桑下人也。'"⑨ 这里的"遁"即赵盾。杂剧第四折程婴所述故事，可能是依照这一自南朝梁以后隐伏于"民间叙事"里的传说而有所润饰。与上述两个故事相似，杂剧更主要的改动是将"一臂扶轮"故事里的晋灵公改为屠岸贾，一再凸显屠岸贾的主观杀机。

合而观之，杂剧作家将晋灵公名下的三个"恶毒"故事全部移至屠岸贾身上，是出于"典型化"的需要，屠岸贾的形象因之而更为凶残，更加可恨。如果稍做比较，则《史记·赵世家》里作为反面人物的屠岸贾之"形象丰满度"要逊色于杂剧里作为艺术形象的屠岸贾。剧作家使用故事嫁接的手段大大增强《赵氏孤儿》情节的典型意义，收效甚著。

5.《赵氏孤儿》的心理描写与戏剧张力

纪君祥将《史记·赵世家》里的"赵氏孤儿"故事演绎成戏剧，难度颇高，因为原来的故事文本没有提供多少细节，而且，"偷偷"进行的事情，不可能有多少"大动作"，没有多大的外在的戏剧性。有鉴于此，纪君祥更为着意挖掘的是故事中的微妙细节和内在的戏剧性，即写人物之间微妙的心理互动或尖锐的心理冲突。

剧本第二折写程婴和公孙杵臼合计营救孤儿，二人之间有过微妙的心理互动，导致相互间一场悲壮的"争抢"。第三折重点是写屠岸贾与程婴、程婴与公孙杵臼、公孙杵臼与屠岸贾的三人之间多重的心理冲突，将作品的戏剧张力推向了最高峰。

且看屠岸贾，在第三折上场是如此嚣张："兀的不走了赵氏孤儿也！某已曾张挂榜文，限三日之内，不将孤儿出首，即将晋国内小儿，但是半岁以下、一月以上，都拘刷到我帅府中，尽行诛戮。"这就凸显了程婴和公孙杵臼各自做出重大牺牲的紧迫性和正义感。整个剧本的"道义高度"因而彰显出来。这是杂剧《赵氏孤儿》突破《史记·赵世家》的一大亮点。

在此"道义高度"之下，第三折侧重写正义的一方与邪恶的一方之间的"心理战"。

再看程婴，他将亲子安顿在公孙杵臼家里之后，依计行事，向屠岸贾"告发"公孙杵臼私藏赵孤。屠岸贾没有立即相信，问："你怎生知道来？"程婴机警地回答："小人与公孙杵臼曾有一面之交。我去探望他，谁想卧房中锦绷绣褥上，躺着一个小孩儿。我想公孙杵臼年纪七十，从来没儿没女，这个是那里来的？我说道：'这小的莫非是赵氏孤儿么？'只见他登时变色，不能答应。以此知孤儿在公孙杵臼家里。"按说，这一番话，逻辑清晰，程婴对公孙杵臼的"怀疑"完全合理，一般人听了也就觉得可信。可是，屠岸贾不是一般人，此人十分细心，收集到的"情报"也多，他当即发觉里面有"破绽"："咄！你这匹夫，你怎瞒的过我？你和公孙杵臼往日无仇，近日无冤，你因何告他藏着赵氏孤儿？你敢是知情么，说的是万事全休；说的不是，令人，磨的剑快，先杀了这个匹夫者。"要是一般人，会一下子被屠岸贾的这番话吓住，何况"你怎瞒的过我""你敢是知情么"这些话，显然是屠岸贾对程婴发动的心理攻势。况且，程婴当然"知情"，要是心理素质弱一点也会难以招架，经不住屠岸贾气势汹汹的质问。可是，程婴毕竟老练，阅历丰富，脑筋灵活，心理素质过硬，更厉害的是他机灵地当面将了屠岸贾一军："告元帅暂息雷霆之怒，略罢虎狼之威，听小人诉说一遍咱。我小人与公孙杵臼原无仇隙，只因元帅传下榜文，要将晋国内小儿拘刷到帅府，尽行杀坏。我一来为救晋国内小儿之命；二来小人四旬有五，近生一子，尚未满月；元帅军令，不敢不献出来，可不小人也绝后了。我想，有了赵氏孤儿，便不损坏一国生灵，连小人的孩儿也得无事，所以出首。"如此一来，连心思异常缜密的屠岸贾也完全看不出任何破绽，相信程婴的话了。程婴一下子将十分被动凶险的情势化解了，并且转为对自己有利的局面。

可剧情是一波三折，跌宕起伏。程婴化解了一时的被动，又遇上更为难堪的场景。屠岸贾由程婴领路去抓捕公孙杵臼，还要程婴亲手毒打拒不招供的公孙老人，这是哪能下得了手的？程婴先是挑细棍子来打，屠岸贾不许；再挑大棍子来打，屠岸贾还是不许，并斥责程婴是意图打死人来灭口。不得已，程婴挑了中等棍子，接连打了三次，剧本的舞台指示是"程婴行杖科""三科了"。

至于年届七十的公孙老人，他要遭受毒打，而且是屠岸贾强令程婴痛打自己。公孙被打得疼痛难忍，头昏脑涨，他怎么也想不到屠岸贾会出此狠招，一个古稀老人，颤颤巍巍，颠颠倒倒，晕晕乎乎，在疼痛难忍之际，一不小心几乎说漏了嘴："俺二人商议要救这小儿曹。"屠岸贾一听，以为正好抓到把柄，立刻追问"那一个是谁"，公孙还没有回过神来，昏昏沉沉地说："你要我说那一个，我说，我说。"此时此刻，整个戏剧场面登时紧张到极点，程婴急眼了，屠岸贾兴奋了，这场戏该如何"演下去"？可公孙毕竟是在宦海里长年折腾过的人物，在如此严峻的时刻，稍一回神，立刻警醒，唱了一句："哎，一句话来到我舌尖上却咽了。"可是屠岸贾紧追不放，他想趁机识破程婴："程婴，这桩事敢有你么？"程婴看得出公孙的状态有点微妙，生怕他老糊涂真的说出实情，于是语带阻吓地说："兀那老头儿，你休妄指平人！"这时，公孙完全回过神来，安抚程婴道："程婴，你慌怎么？（唱）我怎生把你程婴道，似这般有上梢无下梢。"程婴听得明白，公孙暗示他不会"有上梢无下梢"，即不会做出有头无尾的事情；而屠岸贾一心想从公孙的嘴里供出"程婴"二字，没想到公孙一句对程婴说的暗语"（不会）有上梢无下梢"让他闹不明白，连忙质问："你头里说'两个'，你怎生这一会儿可说'无'了？"公孙趁着屠岸贾不明所以，干脆也将了屠岸贾一军："只被你打的来不知一个颠倒。"顿时化解了刚才一时说漏了嘴而惹出的麻烦和危机。

纪君祥充分挖掘出具体的戏剧时空里所能出现的种种变化莫测的危机，让人物在接连不断的危难挑战中展开心理互动或心理冲突，屠岸贾的阴险形象因而活灵活现，程婴、公孙的正义形象也因之有血有肉地一步步丰满起来⑩。

五、《赵氏孤儿》的深远影响及其国际影响

《赵氏孤儿》是元代名剧，也是整个中国戏剧史上　　典之作。自问世以来，它一直产生着深远的影响，并且逐渐享有国　　响力。

王国维先生《宋元戏曲考·元剧之文章》有一著　　　："其最有悲剧之性质者，则如关汉卿之《窦娥冤》，纪君祥之　　孤儿》，剧中虽有恶人交构其间，而其蹈汤赴火者，仍出于其主　　意志，即列之于世界大悲剧中，亦无愧色也。"⑪换言之，纪君　　赵氏孤儿》与关汉卿的《窦娥冤》一样，是中国戏剧尤其是悲　　的代表作。这就道出了《赵氏孤儿》杂剧在中国众多剧目中与　　的美学特质。同时，王国维也郑重指出：它是中国的，也是世　　

早期南戏作品《宦门子弟错立身　　及当时的一个南戏剧目叫《冤冤相报赵氏孤儿》，这可能是南戏艺　　杂剧剧目《赵氏孤儿》移植而成。现存一个南戏作品《赵氏孤儿记》　　刊本，共有44出），有学者指出：

"南戏《赵氏孤儿记》似由元代杂剧改编而来。如第四十三出之【北上小楼】即从《元刊杂剧三十种》本《赵氏孤儿》第四折移植而来。二者仅差几字。"（王季思主编《全元戏曲》第十卷《赵氏孤儿记》"剧目说明"）其实，不仅如此，目前首见于杂剧《赵氏孤儿》的主体关目"搜孤救孤"以及韩厥自我牺牲的情节，也被《赵氏孤儿记》充分吸收了，该剧第二十八出"计脱孤儿"，写程婴带孤儿出宫，被把守宫门的韩厥拦阻，细加搜查；程婴动之以情，晓之以理，韩厥终于放行；他见程婴离开时满腹狐疑，为了让程婴放心救孤出宫，自行了断，自刎之前当面对程婴说："赵盾于吾多少恩，如今尽付与其孙。程婴此去休疑我，刎死教伊放下心。"此出的下场诗有句云："韩厥刎死为孤儿。"这也折射出杂剧《赵氏孤儿》情节安排的"经典价值"。

无独有偶，明代有一本《八义记》传奇（共有 41 出），也是以"赵氏孤儿"故事为题材，其剧情框架大体与南戏《赵氏孤儿记》相仿，第三十二出"韩厥死义"，同样吸收了杂剧《赵氏孤儿》的情节安排，韩厥临死前对程婴说："宣子（即赵盾）于吾多少恩，如今尽付与他孙。程婴此去休疑惑，我自尽方能见此心。"⑫完全不符合史实的"韩厥之死"，因为纪君祥的悲壮描述而成了"经典情节"，后人一再改编，也不得不予以尊重，成为"保留节目"。

《赵氏孤儿》在明清时期及以后也产生巨大影响，尤其是戏曲史进入"花部"（即地方戏）兴盛时期，不少地方剧种参照《赵氏孤儿》以及其他一些相关的文艺作品（如传奇《八义记》、小说《东周列国志》相关章回等）加以改编，京剧、秦腔、河北梆子、豫剧、晋剧、汉剧、湘剧、川剧、赣剧等，都有相关剧目。

传世的京剧剧本，以孟小冬传本《搜孤救孤》和马连良传本《赵氏孤儿》较有代表性。

孟氏传本《搜孤救孤》，一共四场，依次是第一场定计，第二场舍子，第三场公堂、搜孤，第四场法场、救孤。其结构相当严谨，略去了枝蔓，一开场即借公孙杵臼之口交代剧情背景："赵屠结冤仇，不知何日方得罢休？"并自报家门："老汉，公孙杵臼，昔日曾为赵相的门客。可恨屠贼诬害赵家三百余口，只有庄姬一人，逃进宫去。闻听在宫中产生孤儿，屠贼闻知，进宫搜孤，也不知搜出无有？唉，天哪天，但愿留得忠良之后，也好与赵家报仇雪恨呐！"这样的开场，直截了当，省却了原著里程婴跑去公孙杵臼住处报信等过程。而且，先由公孙登场，由他引出程婴，将更多的戏份压在程婴身上，人物的主次，以及戏份的轻重，观众一下子就会心中有数。

　　该本继承了杂剧《赵氏孤儿》在组织戏剧冲突时所设定的焦点，即程婴等人的"救孤"行为不仅是关乎赵氏一族，而且更是关乎整个晋国婴儿的性命。然而，京剧有一个重要的改动，即一则将程婴定为整部戏的"男一号"，一则为了把戏份写足，添加了一个人物出场，这就是程婴之妻。程婴向公孙表示，自己愿意将亲生儿子顶替孤儿，公孙的一句台词引出了程妻："哎呀，只怕弟妹她不能应允吧。"对此，程婴似乎颇有信心而实际上也没有十足把握，答道："不妨，不妨。想你那弟妇，虽是女流，是颇通大义，想此事她，断乎不能不肯吧！"程婴的前半句是"想当然"，后半句是混杂着几分推断，故而说"断乎不能不肯吧"，这就为第二场的"舍子"埋下了伏笔。京剧中的程妻，的确如程婴所说，深明大义，对孤儿的命运极为关注，表现出一位女性的悲悯与慈爱。可是，出乎她意料的是，丈夫竟然打算将自己的亲生儿子与赵氏孤儿"调换"，程妻无论如何不能接受，夫妻冲突无法缓和。而程婴见到公孙更是万分难堪，无法交代，只能很泄气地说："这个贱人她不肯呐。"戏演到这个地方，似乎演不下去了，可剧情峰回路转，公孙见到程妻，语气温和委婉，半是试探口风半是伺机劝说。程妻知道公孙的意思，可就是不松口。在此胶着状态之下，程婴"手执钢刀项上刎"，公孙见状，立即夺刀，见缝插针，找准了一个劝说的机会："弟妹啊，死了丈夫你靠何人？"接着，舞台指示是"公孙唱哭头"，唱道："莫奈何（顷仓）我只得（顷仓）双膝呀（八大）（向程妻跪）跪。"程妻此时十分难为情，公孙借势拉程婴一起跪下，场面震撼，气氛凝重，情与理的冲突达至极点。程妻眼见两个堂堂男儿如此举动，禁不住激情澎湃，正义的力量压倒了一切，唱出了"铁石人儿也泪淋"，强忍着无尽的哀痛，终于点头："情愿舍子救孤生。"这是一场荡气回肠的戏，感天动地，催人泪下。

孟氏传本的第三场、第四场在解决了"舍子"问题之后，用了较大的篇幅表现程婴的一系列戏剧行动，写他假意告发、迷惑屠贼、救出赵孤等等。同时，公孙的形象也得以兼顾。最后，屠贼以为赵氏孤儿"已除"，高枕无忧，还接纳了程婴一家"三口"。全剧至此结束⑬。

纵观孟氏传本，以四场戏的篇幅集中写"搜孤救孤"，场面紧凑，焦点突出，在峰回路转的情节里强烈地呈现跌宕起伏的戏剧张力，表现着人情之美与人性之真，二者交织，场上各个人物的复杂性格得以多侧面而且充分地刻画出来。程婴、程妻、公孙诸人，各有亮点，形象丰满地活现于舞台之上。

至于马连良传本《赵氏孤儿》，写法则大有不同。

就剧本结构而言，马氏传本采取"原原本本"的编剧思路，全剧一共13场，人物众多，元杂剧《赵氏孤儿》暗场处理的人物如晋灵公、鉏麑、提弥明等，一一登场，还添加了一个戏份不轻的人物，即庄姬身边的宫女卜凤（她在屠岸贾面前忠贞不屈，绝口不说孤儿下落，被屠岸贾当场刺死），又添加魏绛之子魏忠（增强忠义力量对屠岸贾的威慑作用）。反而，在孟氏传本有重要戏份的程妻，没有出现在马氏传本里。另一重要的改动是，写庄姬在孤儿被送出宫外后，藏于深宫，一直活着，15年过去，终于母子相逢，全剧以"赵武拜庄姬，拜程婴"作结。

该剧从晋灵公受到屠岸贾的蛊惑写起，屠岸贾向晋灵公献上一种

"玩法"："你我君臣各持弹弓一张，向那来往行人打去，打中头颅者为胜，不中者罚酒三杯。"魏绛是忠义之士，斥责屠岸贾，劝谏晋灵公，结果被驱遣出宫，前往塞外戍边去了（15 年后回朝，整顿朝纲）；公孙杵臼身为老臣，见晋灵公冥顽不灵，屠岸贾气焰嚣张，告老还乡去了（赵氏一族遭遇灭门之祸，公孙为存孤而壮烈牺牲）；赵盾拼死上奏，劝晋灵公以民为本，不要受奸邪迷惑，却被国君当做耳旁风不予理睬。屠岸贾趁机挑拨，并派鉏麑前去赵府暗杀赵盾；一招不灵又生一计，在赵盾上殿之时，借晋灵公之手放出神犬，扑杀赵盾，幸得提弥明出手相救，赵盾速速逃走（剧中第四场借程婴之口交代赵盾被屠岸贾"一剑劈死"），而提弥明不幸当场被抓，推出斩首。这一系列的剧情，与《左传》《国语》等先秦文献所记载的晋国赵氏家族历史多有对应关系，弥补了《史记·赵世家》叙事上的某些"盲点"，将晋灵公之失德败政、屠岸贾之险恶卑鄙写得更为淋漓尽致，这也是马氏传本让晋灵公、鉏麑、提弥明等一一登场的原因。

马氏传本的核心人物依然是程婴。或许是有《搜孤救孤》珠玉在前，马连良的《赵氏孤儿》没有"舍子"一场，而是以元杂剧《赵氏孤儿》的叙事过程为基础进一步加以完备，在曲折艰险、千难万难的救孤行动中塑造程婴的正直、侠义、刚烈且富于牺牲精神的丰满形象。如果说，孟氏传本是更侧重于"戏剧叙事"（故事形态是"团块状"的，时间跨度短，登场人物有限且紧密纠缠在一起，不枝不蔓，浓烈集中），那么，马氏传本是更侧重于"小说叙事"（故事形态是"线性化"的，时间跨度长，登场人物众多，且比原著有所添加；脉络完整，首尾呼应）。马氏传本在一定程度上是元杂剧《赵氏孤儿》的"扩展版"⑭。

京剧之外，其他地方剧种也有一些影响较大的改编本，比如秦腔，其《赵氏孤儿》共有 11 场，以赵盾、韩厥的"忧国"（第一场）开始，以程婴、孤儿的"挂画"（第十一场）结束。其中，最为引人注目的改

动是第四场"搜孤",写掩护孤儿出宫的不是韩厥,而是公主身边的宫
女卜凤,屠岸贾亲自带人搜查,卜凤在程婴成功带着孤儿出宫后,与屠
岸贾周旋,屠岸贾一无所获,咬牙切齿而去。而此时,公主也没有自尽,
而是在深宫调养身体。这就为韩厥、公主多年后的出场埋下伏线。到了
第十一场,赵氏孤儿手刃屠岸贾,此时,韩厥带武士上场接应,公主作
为"孤儿"的生母也前来见证儿子复仇的场面。此刻,韩厥辅助"少将
军",完成了第一场戏里赵盾对他的嘱托;公主与"孤儿"重逢,母子团
圆。而程婴,因身受屠岸贾的剑伤,且年老体衰,在巨大的胜利面前挣
扎着抬起头来,望天呼叫:"杵臼兄……卜凤……成功了,成功了!"终
于体力不支,倒下了,孤儿扑到程婴身上,放声大哭,公主、韩厥及众
人一齐向程婴下跪(剧中韩厥存活,程婴猝死,大致据《史记·赵世家》
而"回改"),全剧至此结束[15]。而韩厥没有"死义",到末尾还能出场,
显然是受到史实制约而做出的艺术处理。

事实上,京剧以及其他地方剧种的剧目里每每少不了《赵氏孤儿》[16]。

此外,我们还要在本文的末尾提及元杂剧《赵氏孤儿》在问世之后
逐渐产生的国际影响力。

王国维先生曾在其《宋元戏曲考·余论》里即已说到:"至我国戏
曲之译为外国文字也,为时颇早,如《赵氏孤儿》,则法人特赫尔特
(Du Halde)实译于一千七百六十二年,至一千八百三十四年而裘利安
(Julian)又重译之。"

而范希衡先生《〈赵氏孤儿〉与〈中国孤儿〉》一书的说法是:"纪
君祥《赵氏孤儿》一剧,于18世纪30年代被译成法文,传到法国,很
快就有了英、德、意、俄等文的译本;法国批评家阿尔让侯爵和英国批
评家赫尔德都曾著文评论。1741年,英国赫谦德改编为《中国孤儿》;
1752年维也纳宫廷诗人意大利剧作家梅塔斯塔西约写《中国英雄》一
剧,虽以召公舍子救宣王为主题(按:"召公舍子救宣王",见《国语·周

语上·彘之乱》及《史记·周本纪》；宣王即姬静，是残暴的周厉王之
子，当时是太子，藏匿于召公府，愤怒的国人一时找不到已经逃亡的周
厉王，遂围攻召公府，要召公交出太子以泄愤，召公则以自己的儿子代
替，太子得以逃脱，后为周宣王），却也采用了《赵氏孤儿》里的一些
情节（按："召公舍子救宣王"与"赵氏孤儿"故事，二者被同时介绍到
欧洲）。1755 年法国大文豪伏尔泰受到《赵氏孤儿》的启发，写了一篇
五幕诗剧，名为《中国孤儿》，在巴黎上演，轰动一时，立刻这篇诗剧
就有了英文和意大利文译本。"范先生还说："1834 年法人儒连又重译纪
剧，名为《赵氏孤儿》（或《中国孤儿》）。"⑰

　　王国维先生与范希衡先生提供的材料，可以互参。

　　学术界普遍认为，《赵氏孤儿》在欧洲产生影响，法国的伏尔泰
（1694—1778）对它的赞誉起过重要作用。伏尔泰曾说："这出中国戏，
无疑是胜过我们旧时代的作品的。""（此剧）虽然有不近人情之处，然
而却充满了浓厚的情趣；情节虽不免于复杂，然而线索脉络却清晰分明。
情趣与易懂，无论在何时何地，都是文学创作的两种美德。而这样的美
德，在我们近代的作品中，却常常是欠缺的。"⑱从《史记·赵世家》到
元杂剧《赵氏孤儿》，"赵氏孤儿"的故事形态多有中国民间叙事的特色，
即有情有义、明白晓畅、线索分明、首尾完整等，这引起了伏尔泰的格
外关注，认为这样的叙事风格对欧洲戏剧文学是有借鉴意义的。

　　另一位欧洲文豪歌德（1749—1832），德国大诗人，《浮士德》的
作者，他对《赵氏孤儿》也深有兴趣，于 1781 年创作剧本《额尔彭诺》，
主人公额尔彭诺的命运与赵氏孤儿相仿，当他还是婴儿时，其父被杀；
自己却被杀父仇人收养，额尔彭诺跟赵氏孤儿一样，都面临着如何报大
仇的问题。据说，歌德在写这个作品时参考过《赵氏孤儿》的剧情⑲。

　　在亚洲，日本净琉璃歌舞伎《菅原传授手习鉴》里的某些情节仿照
了《赵氏孤儿》里程婴、公孙杵臼或献出亲生骨肉或献出宝贵生命的故

事[20]。这样的取舍，折射出日本文化的特色，也反映了它对中国文化的灵活借鉴。

目前可知，《赵氏孤儿》的外文译本或改编本已有英文、法文、德文、意大利文、俄文等多个文种，为中国戏剧赢得了一定的世界声誉。

六、本书的编校

1. 底本选择

前文已经提及元杂剧《赵氏孤儿》现存版本，其完整的明代刊本有二：一是臧懋循《元曲选》本（浙江古籍出版社影印明万历吴兴臧氏刻本，1998 年版），题目正名作"公孙杵臼耻勘问，赵氏孤儿大报仇"；一是孟称舜《古今名剧合选·酹江集》本（见《古本戏曲丛刊四集》第 39 册，国家图书馆出版社 2016 年版），题目、正名与《元曲选》本相同。二者曲词基本一致，就科白而言，后者不如前者完备。

本书以《元曲选》本为底本，参校《古今名剧合选·酹江集》本，以及王季思主编《全元戏曲》本（人民文学出版社 1999 年版），略有订正。

2. 注释旁批

注释，力求简明。考虑到每一折的文字较长，适当划分为若干段落，以段落为单位出注，以便符合《中华传统文化百部经典》的编辑体例。

旁批，主要为本书编注者所加，并适当采录《酹江集》本孟称舜批语（简称"孟批"），以及王季思主编《中国十大古典悲剧集》（上海文艺出版社 1982 年版）之《赵氏孤儿》眉批（简称"王批"）。

3. 点评写法

点评文字，不求面面俱到，侧重于评点每一折的艺术亮点或情节特异之处，必要时与相关史料做对比，点出杂剧作家的改编思路或虚构之妙。

4. 附录二种

现存元刊本《赵氏孤儿》杂剧，仅存曲词，删去宾白。其曲文与今存的两种明刊本多有出入。本书以《日本藏元刊本古今杂剧三十种》（北京图书馆出版社 1998 年版）为据移录，并吸收前人的校订成果，作为附录一。

选录与晋国赵氏家族相关的史料 8 篇（篇幅较长者，适当删削其关系不甚密切的部分），每一篇的篇目之下均加"编者按"，对其中要点略作提示，作为附录二。

① （元）钟嗣成撰，（明）佚名续，王钢校订：《录鬼簿校订》，中华书局 2021 年版，"纪君祥"条见第 77 页、第 171—172 页。此外，判定贾仲明于明永乐年间补写吊词，参见同书"前言"，第 29 页。
② 王国维：《王国维戏曲论文集》，中国戏剧出版社 1957 年版，第 298—311 页。
③ 齐森华、陈多、叶长海主编：《中国曲学大辞典》，浙江教育出版社 1997 年版，第 251 页。
④ （汉）司马迁：《史记》，《中华国学文库》本，中华书局 2012 年版，第 1601—1606 页。
⑤ 杨伯峻：《春秋左传注》下册"鲁成公八年"条，中华书局 2020 年版，第 718 页。
⑥ （清）顾炎武著，（清）黄汝成集释，栾保群校注：《日知录集释》，浙江古籍出版社 2013 年版，第五册，第 1464 页。
⑦ 袁行霈：《陶渊明集笺注》，中华书局 2017 年版，第 355 页。
⑧ （清）倪璠注，许逸民校点：《庾子山集注》，中华书局 1980 年版，第 252—254 页。
⑨ 康保成：《戏里戏外说历史》，大象出版社 2015 年版，第 89 页。
⑩ 学术界对杂剧《赵氏孤儿》的研究已有不少成果，除众多单篇论文外，像李春祥《元杂剧史稿》（河南大学出版社 1989 年版），李修生《元杂剧史（修

订本）》（江苏古籍出版社 2002 年版），张庚、郭汉城主编《中国戏曲通史（修订本）》（中国戏剧出版社 2006 年版）等均有重点论述。近年出现新的动态，国内不少高校的研究生从"经典化过程""传说的变异""文本的演变"等角度写出了一批硕士学位论文、博士学位论文或博士后出站报告，如《〈赵氏孤儿〉经典化研究》（张芳芳，山西师范大学硕士学位论文，2016 年）、《史传、戏剧与民间信仰：赵氏孤儿传说研究》（李杰，中山大学博士学位论文，2019 年）、《元明赵氏孤儿戏曲研究》（李万营，中山大学博士后出站报告，2021 年）等。至于单篇论文的发表情况，可参见陈婷婷、周仕德《五十年来国内〈赵氏孤儿〉研究回眸与反思》（《宁夏大学学报》2011 年第 5 期），以及刁生虎、胡乃文《〈赵氏孤儿〉研究六十年（1958—2018 年）》（《华北水利水电大学学报》2019 年第 2 期）。

⑪ 王国维：《王国维戏曲论文集》，中国戏剧出版社 1957 年版，第 106 页。

⑫（元）纪君祥等：《赵氏孤儿》，此书内收《八义记》，上海古籍出版社 2010 年版。

⑬ 孟小冬传本《搜孤救孤》，见（元）纪君祥等：《赵氏孤儿》，上海古籍出版社 2010 年版。

⑭ 马连良传本《赵氏孤儿》，见北京市文史研究馆、长安大戏院编著：《赵氏孤儿》，北京出版社 2016 年版。

⑮ 秦腔《赵氏孤儿》，见薛若琳、王安葵主编：《中国当代百种曲》，江苏美术出版社 2007 年版。

⑯ 戏曲以外，《赵氏孤儿》也被改编为其他艺术样式，如 2010 年拍摄的电影《赵氏孤儿》（陈凯歌导演）、2012 年拍摄的电视剧《赵氏孤儿案》（共 45 集，阎建钢导演）。

⑰ 范希衡：《〈赵氏孤儿〉与〈中国孤儿〉》，上海古籍出版社 2010 年版，第 4 页。

⑱ 严绍璗：《〈赵氏孤儿〉与十八世纪欧洲的戏剧文学》，载《文史知识》1982 年第 8 期。

⑲ 宋柏年主编：《中国古典文学在国外》，北京语言学院出版社 1994 年版，第 334 页。

⑳ 张西艳：《〈赵氏孤儿〉在日本的流布与演变》，《西安文理学院学报》2014 年第 2 期。

赵氏孤儿

楔　子

（净扮屠岸贾领卒子上[1]，诗云）人无害虎心，虎有伤人意；当时不尽情，过后空淘气。某乃晋国大将屠岸贾是也。俺主灵公在位[2]，文武千员，其信任的只有一文一武：文者是赵盾[3]，武者即某矣。俺二人文武不和，常有伤害赵盾之心，争奈不能入手。那赵盾儿子唤做赵朔[4]，现为灵公驸马。某也曾遣一勇士鉏麑[5]，仗着短刀，越墙而过，要刺杀赵盾，谁想鉏麑触树而死。那赵盾为劝农出到郊外，见一饿夫在桑树下垂死[6]，将酒饭赐他饱餐了一顿，其人不辞而去。后来西戎国进贡一犬[7]，呼曰神獒，

本剧将屠岸贾与赵氏家族的矛盾定位为"文武不和"，再引申为"忠奸斗争"，改变了原有故事的"权贵恶斗"的历史语境。

灵公赐与某家。自从得了那个神獒，便有了害赵盾之计。将神獒锁在净房中^[8]，三五日不与饮食；于后花园中扎下一个草人，紫袍玉带，象简乌靴，与赵盾一般打扮，草人腹中悬一付羊心肺。某牵出神獒来，将赵盾紫袍剖开，着神獒饱餐一顿，依旧锁入净房中。又饿了三五日，复行牵出那神獒，扑着便咬，剖开紫袍，将羊心肺又饱餐一顿。如此试验百日，度其可用。某因入见灵公，只说今时不忠不孝之人，甚有欺君之意。灵公一闻其言，不胜大恼，便向某索问其人。某言西戎国进来的神獒，性最灵异，他便认的。灵公大喜，说："当初尧舜之时，有獬豸能触邪人^[9]，谁想我晋国有此神獒，今在何处？"某牵上那神獒去。其时，赵盾紫袍玉带，正立在灵公坐榻之边。神獒见了，扑着他便咬。灵公言："屠岸贾，你放了神獒，兀的不是谗臣也！"某放了神獒，赶着赵盾绕殿而走。争奈傍边恼了一人，乃是殿前太尉提弥明^[10]，一瓜搥打倒神獒，一手揪住脑杓皮，一手扳住下嗑子，只一劈将那神獒分为两半。赵盾出的殿门，便寻他原乘的驷马车。某已使人将驷马摘了二马，双轮去了一轮。上的车来，不能前去。傍边转过一个壮士，一臂扶轮，一手策马，逢山开路，救出赵盾去了。你道其人是谁？就是那桑树下饿夫灵辄。某在灵公跟前说过，将赵盾三百口满门良贱诛尽杀绝。只有赵朔与公主在府中，为他是个驸马，不好擅杀。某想剪草除根，萌芽不发，乃诈传灵公的命，差一使臣将着三般朝典^[11]，是弓弦、药酒、短刀，着赵朔服那一般朝典身亡。某已分付他疾去早来，回我的话。（诗云）三百家属已灭门，只有赵朔一亲人。不论那般朝典死，便教剪草尽除根。（下）

　　以上一段屠岸贾自述，参照了宋元时期说唱文学的写法。说唱文学长于叙事，此处借用，正好交代故事复杂的"由头"。

［注释］

[1]净：元杂剧角色名，多扮演剧中的反面人物。屠岸贾（gǔ）：春秋时晋国大夫，晋灵公时极为得宠。屠岸贾其人，不见于《左传》《国语》等先秦文献，也不见于《史记·晋世家》，而只是见于《史记·赵世家》和《史记·韩世家》。历史上是否有此人，史学界存疑。但屠岸贾作为晋国赵氏家族的对立面的化名，也是可能的。司马迁写作《史记·赵世家》突出了屠岸贾的奸邪本性，可能受到民间传闻的影响。本剧的故事情节多来源于《史记·赵世家》。屠岸，复姓。　[2]灵公：即晋灵公，晋襄公之子，晋文公之孙。前620年至前607年在位。前607年（晋灵公十四年）被赵穿所杀。据《左传》宣公二年记载，晋灵公为人歹毒，心理变态，喜欢恶作剧，故曰"晋灵公不君"。本剧设定悲剧故事发生的时间在晋灵公时期，是出于"时间相对集中"的艺术考虑，并不符合史实。《史记·赵世家》记载赵氏被灭族，时在晋景公三年（而《左传》及《史记·晋世家》记载均在晋景公十七年）。　[3]赵盾：赵衰之子。赵衰是晋文公（重耳）的亲随，备受重视，在晋文公时期地位显赫；卒于晋襄公六年（前622），死后由其子赵盾代理国政。故而赵盾在晋襄公、晋灵公时期是执掌晋国大权的人物。晋灵公品德败坏，赵盾时有劝谏，二人关系日趋紧张、恶劣，导致晋灵公意欲暗杀赵盾。事见《左传》宣公二年、《史记·赵世家》等。　[4]赵朔：赵盾之子。据《史记·赵世家》，赵朔在晋景公时期的"灭赵氏家族"行动中被杀。其妻

乃是"成公姊",有遗腹,后产下"赵氏孤儿"。本剧称赵朔为"灵公驸马",纯属虚构。　[5]鉏麑(chú ní):本是晋灵公派遣的杀手,要暗杀赵盾,但鉏麑不忍谋害忠良,故而触树而死。事见《左传》宣公二年。本剧将此事嫁接到屠岸贾的头上。　[6]饿夫:即下文"桑树下饿夫灵辄"。灵辄其人其事,见《左传》宣公二年:赵盾与之相遇,见其饥饿,"为之箪食与肉";后来,晋灵公埋伏武士,意欲杀害赵盾,其时,灵辄挺身而出,掩护赵盾逃离,并与其他武士恶斗。本剧谓灵辄"一臂扶轮,一手策马",救出赵盾,传奇色彩更为浓厚。　[7]西戎国:指古代中国西部的少数民族地区。　[8]"将神獒锁在净房中"以下十八句:描述屠岸贾训练神獒的故事,本剧第四折程婴也向赵武讲述过一遍。实际上,据《左传》宣公二年,晋灵公曾经使唤恶犬撕咬赵盾。本剧将此事嫁接到屠岸贾的头上,且添枝加叶,凸显屠岸贾之阴险毒辣。　[9]獬豸(xiè zhì):传说中能够辨别奸邪曲直的神兽。其体形像山羊,独角,见人争斗,即以角触不直一方,以此定是非曲直。　[10]提弥明:据《左传》宣公二年的记载,提弥明是替赵盾驾车的武士,为"车右";正当晋灵公呼出恶犬撕咬赵盾时,提弥明"搏而杀之",并在混战中死去。《史记·晋世家》亦载提弥明"为(赵)盾搏杀狗"之事,但又说赵盾所见"桑下饿人"即是提弥明,说法与《左传》颇有出入。在"赵氏孤儿"故事系列中,提弥明与灵辄二人,其"饿夫"之身份时见混淆。　[11]朝典:古代君王赐死的委婉语。此处"三般朝典"弓弦、药酒、短刀,即为赐死的三种方式,任选其一,即下文"随意取一而死"。

(冲末扮赵朔[1],同旦公主上[2])(赵朔云)小官赵朔,官拜都尉之职。谁想屠岸贾与我父文武不和,搬弄灵公，将俺三百口满门良贱诛尽杀绝了也。公主，你听我遗言：你如今腹怀有孕。若是你添个女儿，更无话说；若是个小厮儿呵，我就腹中与他个小名，唤做赵氏孤儿。待他长立成人，与俺父母雪冤报仇也。（旦儿哭科，云）兀的不痛杀我也！（外扮使命，领从人上，云）小官奉主公的命，将三般朝典是弓弦、药酒、短刀，赐与驸马赵朔；随他服那一般朝典，取速而亡。然后将公主囚禁府中。小官不敢久停久住，即刻传命走一遭去。可早来到他府门首也。（见科，云）赵朔跪者，听主公的命：为您一家不忠不孝，欺公坏法，将您满门良贱尽行诛戮，尚有余辜；姑念赵朔有一脉之亲，不忍加诛，特赐三般朝典，随意取一而死。其公主囚禁在府，断绝亲疏，不许往来。兀那赵朔，圣命不可违慢，你早早自尽者！（赵朔云）公主，似此可怎了也？（唱）

【仙吕·赏花时】[3] 枉了我报主的忠良一旦休，只他那蠹国的奸臣权在手。他平白地使机谋，将俺云阳市斩首[4]。兀的是出气力的下场头！

（旦儿云）天那，可怜害的俺一家死无葬身之地也。（赵朔唱）

【幺篇】落不的身埋在故丘[5]。（云）公主，我嘱付你的说话，你牢记者。（旦儿云）妾身知道了也。（赵朔唱）吩

此处将"灭族"事件一笔带过，以便在楔子部分一开始就集中笔墨聚焦于"遗孤"问题。

咐了腮边两泪流，俺一句一回愁。待孩儿他年长后，着与俺这三百口可兀的报冤仇！（死科^[6]，下）

（旦儿云）驸马，则被你痛杀我也！（下）（使命云）赵朔用短刀身亡了也^[7]。公主已囚在府中。小官须回主公的话去来。（诗云）西戎当日进神獒，赵家百口命难逃。可怜公主犹囚禁，赵朔能无决短刀。（下）

赵朔已死，"公主已囚在府中"，情势相当危急，剧情的张力因之提升。楔子部分，笔墨集中，营造出凝重而严峻的舞台氛围。

[注释]

[1] 冲末：元杂剧角色名，是末角的一种，通常安排在全剧开场时出现。   [2] 旦：元杂剧角色名，也作"旦儿"，扮演女性人物。又，在元杂剧中，"旦"这一角色如果主唱全剧，该剧称为"旦本"。本剧以男性角色为主，由"正末"主唱，故称"末本"。公主：即赵朔妻子。她的身份，据《史记·赵世家》所记载，是晋成公之姊，史学界多有存疑，姑置不论。然而，《左传》成公五年（即晋景公十四年）记载："晋赵婴通于赵庄姬。"赵庄姬即是赵朔之妻，因赵朔谥"庄"，故称。她与赵朔的叔叔赵婴有染，是一起乱伦事件，当发生在赵朔去世之后。按：赵朔当在晋景公十四年之前去世，尚未爆发"灭族"事件。而《左传》成公八年（即晋景公十七年）记载，赵庄姬诬陷赵氏族人赵同、赵括"谋反"，导致晋景公联手栾氏、郤氏攻灭赵同、赵括，其时，"（赵）武从姬氏畜于公宫"，即赵朔之子赵武此时早已出生，跟随其母亲赵庄姬躲进了晋景公的内宫。及后，韩厥出面，他为赵武的"复立"起了很大的作用。本剧呈现"赵氏孤儿"故事，主要依据《史记·赵世家》，与《左传》的记载甚为不同。   [3]【赏花时】：曲

牌名，属仙吕宫，全曲五句。元杂剧的楔子，篇幅较短，往往仅用一支曲。有时楔子会重复使用同一曲牌一次，是为"幺（yāo）篇"，如本剧即是。"幺"为重文符号，意谓与上一支曲子的曲牌相同。本剧第五折也出现【幺篇】，仿此。　　[4]云阳市：是"云阳闹市"的省称。云阳，本是地名，属于咸阳辖区，在秦朝是咸阳的重镇，又是处决罪犯的地方。及后，成为民间泛称的行刑之所，常见于古代戏曲小说。　　[5]落不的：意谓免不了。身埋在故丘：元刊本作"身埋土一丘"。　　[6]死科：指倒地身亡的动作。科，是元杂剧常用的舞台指示术语，表示剧中人的动作。　　[7]赵朔用短刀身亡：这一细节是剧作者的虚构。依据《史记·赵世家》，屠岸贾带领军队"攻赵氏于下宫，杀赵朔、赵同、赵括、赵婴齐，皆灭其族"。

[点评]

　　元杂剧的叙事方式多受宋元时期的说书艺术及说唱艺术的影响，本剧楔子即体现出这一特征。屠岸贾一上场，有一段较长的叙述，将他多次陷害谋杀赵盾的"故事"一一道出，同时，又折射出赵盾"得道多助"的"忠臣"人格。这是纪君祥从民间立场出发的一种解读"历史人物"的方式。

　　赵朔与其妻一同出场，引出全剧的焦点即"遗孤"问题。此时，已经发生"灭族"事件，剧情的紧张程度陡然急升，为接下来的更为紧张的剧情做了铺垫。

　　"公主已囚在府中"，预示着紧接着的剧情发生在宫里。这体现出这个剧本针线细密的写法。元杂剧的众多剧本，精粗不一，本剧属于精心布局谋篇的范例。

由楔子已可看出，纪君祥写作本剧，主要参照《史记·赵世家》里的"赵氏孤儿"故事而重新构思。他更着眼于历朝历代都会出现的忠奸斗争这一题旨，以便使剧本具有一定的普泛意义；角度一改，意蕴更为深沉和丰富。

第一折

（屠岸贾上，云）某屠岸贾，只为公主怕他添了个小厮儿[1]，久以后成人长大，他不是我的仇人？我已将公主囚在府中，这些时该分娩了。怎么差去的人去了许久，还不见来回报？（卒子上报科[2]，云）报的元帅得知，公主囚在府中，添了个小厮儿，唤做赵氏孤儿哩[3]。（屠岸贾云）是真个唤做赵氏孤儿？等一月满足，杀这小厮也不为迟。令人，传我的号令去，着下将军韩厥[4]，把住府门；不搜进去的，只搜出来的。若有盗出赵氏孤儿者，全家处斩，九族不留[5]。一壁与我张挂榜文[6]，遍告诸将，休得违误，自取其罪。（词云）不争晋公主怀孕在身，产孤儿是我仇人，待满月钢刀铡死，才称我削草除根。（下）

屠岸贾心思细密，阴险毒辣。"我已将公主囚在府中"，凸显屠岸贾掌控局面。

点出此后紧张激烈的戏剧冲突的起因。"产孤儿是我仇人"，表明屠岸贾"九族不留"的凶残决心。孤儿能否逃出生天，成为最大的悬念。

［注释］

[1]小厮儿：男童，宋元俗语。　[2]卒子：士兵。　[3]赵氏孤儿：赵朔与赵庄姬的儿子，是赵朔的遗腹子，故称"孤儿"。成人后，名为赵武，为赵氏复仇。　[4]韩厥：春秋时晋国将领，官至司马、正卿。史书记载，韩厥帮助赵氏孤儿赵武成人后返回晋国政治舞台（参见《史记·赵世家》和《史记·韩世家》）。　[5]九族：泛指与父系、母系和妻族有关的所有亲戚。　[6]一壁：即一边儿。

暗示程婴是唯一可以托付之人，此时的赵氏显得势孤力单，戏剧情势十分严峻。

（旦儿抱侠儿上[1]，诗云[2]）天下人烦恼，都在我心头；犹如秋夜雨，一点一声愁。妾身晋室公主，被奸臣屠岸贾将俺赵家满门良贱诛尽杀绝。今日所生一子，记的驸马临亡之时，曾有遗言：若是添个小厮儿，唤做赵氏孤儿，待他久后成人长大，与父母雪冤报仇。天那，怎能够将这孩儿送出的这府门去，可也好也？我想起来，目下再无亲人，只有俺家门下程婴[3]，在家属上无他的名字。我如今只等程婴来时，我自有个主意。（外扮程婴背药箱上[4]，云）自家程婴是也，元是个草泽医人[5]，向在驸马府门下，蒙他十分优待，与常人不同。可奈屠岸贾贼臣将赵家满门良贱，诛尽杀绝，幸得家属上无有我的名字。如今公主囚在府中，是我每日传茶送饭。那公主眼下虽然生的一个小厮，取名赵氏孤儿，等他长立成人，与父母报仇雪冤，只怕出不得屠贼之后，也是枉然。闻的公主呼唤[6]，想是产后要什么汤药，须索走一遭去，可早来到府门首也。不必报复，径自过去。（程婴见科，云）公主呼唤程婴，有何事？
（旦儿云）俺赵家一门，好死的苦楚也！程婴，唤你
来别无甚事。我如今添了个孩儿，他父临亡之时，
取下他一个小名，唤做赵氏孤儿。程婴，你一向在
俺赵家门下走动，也不曾歹看承你。你怎生将这
个孩儿掩藏出去，久后成人长大，与他赵氏报仇。
（程婴云）公主，你还不知道：屠岸贾贼臣闻知你产
下赵氏孤儿，四城门张挂榜文，但有掩藏孤儿的，
全家处斩，九族不留。我怎么掩藏的他出去？（旦
儿云）程婴，（诗云）可不道遇急思亲戚，临危托故
人。你若是救出亲生子，便是俺赵家留得这条根。
（做跪科，云）程婴，你则可怜见俺赵家三百口，都
在这孩儿身上哩！（程婴云）公主请起。假若是我
掩藏出小舍人去[7]，屠岸贾得知，问你要赵氏孤儿，
你说道，我与了程婴也。俺一家儿便死了也罢，这
小舍人休想是活的。（旦儿云）罢，罢，罢，程婴，
我教你去的放心。（诗云）程婴心下且休慌，听吾说
罢泪千行。他父亲身在刀头死，（做拿裙带缢死科，云）
罢，罢，罢，为母的也相随一命亡！（下）（程婴云）
谁想公主自缢死了也。我不敢久停久住，打开这药
箱，将小舍人放在里面，再将些生药遮住身子。天
也，可怜见赵家三百余口，诛尽杀绝，止有一点点
孩儿[8]。我如今救的他出去，你便有福，我便成功；
若是搜将出来呵，你便身亡，俺一家儿都也性命不
保。（诗云）程婴心下自裁划[9]，赵家门户实堪哀；
只要你出的九重帅府连环寨，便是脱却天罗地网

程婴的为难神
色，反衬出"藏孤"
和"救孤"的极高
难度。

公主的自缢行
为，激发起程婴义
无反顾的决心。描
述人物心理的动态
变化，丝丝入扣。
但按照《史记·赵
世家》的相关记载，
公主并无自缢情节。
这是纪君祥虚构的。

灾。（下）

［注释］

[1]俫儿：元杂剧角色名，扮演婴儿或小童，此指婴儿模样的道具。　[2]诗云：此指上场诗。元杂剧人物上场，有时在"自报家门"之前，先念"诗云"，流露出上场时的特定情绪。这是受到说唱文学影响而留下的痕迹。　[3]程婴：春秋时晋国的民间医生和著名义士。相传是少梁邑（今陕西韩城少梁）人，是晋国正卿赵盾、赵朔父子的好友。其名字不见于先秦文献，只见于《史记·赵世家》和《史记·韩世家》。　[4]外：元杂剧角色名，是"外末"的省称，通常扮演次要的男性人物。　[5]元是：即"原是"。在元杂剧里，"元是"乃是常见的副词。　[6]"闻的公主呼唤"以下六句：指程婴与公主相熟，听闻公主传唤，身为医生的程婴务必赶紧前往；因为是常客，不必通传，可以直接进府。　[7]小舍人：犹言小公子。舍人，是宋元时期对贵族公子的俗称。　[8]止有：只有。　[9]裁划：谋划、思量。

（正末扮韩厥领卒子上[1]，云）某下将军韩厥是也。佐于屠岸贾麾下，着某把守公主的府门，可是为何？只因公主生下一子，唤做赵氏孤儿，恐怕有人递盗将去，着某在府门上搜出来时，将他全家处斩，九族不留。小校，将公主府门把的严整者！嗨，屠岸贾，都似你这般损坏忠良，几时是了也呵！（唱）

韩厥的道白，表明了自己的立场，为下面韩厥的义举埋下了伏笔。

【仙吕·点绛唇[2]】列国纷纷[3]，莫强于晋。才安稳，怎有这屠岸贾贼臣？他则把忠孝的公卿损。

【混江龙】不甫能风调雨顺太平年宠用着这般人[4]。忠孝的在市曹中斩首，奸佞的在帅府内安身；现如今全作威来全作福，还说甚半由君也半由臣！他，他，他把爪和牙布满在朝门，但违拗的早一个个诛夷尽。多咱是人间恶煞[5]，可什么阃外将军[6]。

（云）我想屠岸贾与赵盾两家儿结下这等深仇，几时可解也！（唱）

【油葫芦】他待要剪草防芽绝祸根，使着俺把府门。俺也是于家为国旧时臣。那一个藏孤儿的便不合将他隐，这一个杀孤儿的你可也心何忍。（带云[7]）屠岸贾，你好狠也！（唱）有一日怒了上苍，恼了下民，怎不怕沸腾腾万口争谈论，天也显着个青脸儿不饶人。

【天下乐】却不道远在儿孙近在身！哎，你个贼也波臣，和赵盾岂可二十载同僚没些儿义分？便兴心使歹心，指贤人作歹人。他两个细评论，还是那个狠?

韩厥对国家局势了如指掌，十分担忧；自己身为护国将领，不无自责之意，进一步揭示韩厥对国家的耿耿忠心，以及他对屠岸贾之流的痛恨之情。

（云）令人[8]，门首觑者，看有什么人出府门来，报
复某家知道。（卒子云）理会的。

［注释］

[1] 正末：元杂剧角色名，通常扮演男主人公。本剧第一折扮
演韩厥，第二、三折扮演公孙杵臼，第四、五折扮演赵武。本剧
的主唱者由正末充当，称为"末本"（正旦主唱的剧本则称为"旦
本"）。元杂剧每一折用同一个宫调，同一个角色主唱（其余角色
没有唱词），即"末本"必定是"正末"主唱，"旦本"必定是"正
旦"主唱，且各支曲子押同一个韵脚。这是从宋元时期流行的说
唱文体诸宫调衍化而来的。　[2] 点绛唇：曲牌名，属仙吕宫，全
曲5句。本折其他曲牌有【混江龙】（全曲9句）、【油葫芦】（全
曲9句）、【天下乐】（全曲7句）、【金盏儿】（全曲8句）、【醉中天】
（全曲7句）、【醉扶归】（全曲6句）、【青歌儿】（全曲5句，可
以在第3句下增添若干句，多为四字句，如本折的【青歌儿】即
是）、【赚煞尾】（全曲11句）等，以上曲牌同属仙吕宫。惟【河
西后庭花】一曲（全曲应为9句，本折【河西后庭花】共13句，
属于增句破格）属商调；元代王元鼎曾用这一曲牌来写过散曲（见
隋树森编《全元散曲》），而在杂剧里罕见使用。　[3] "列国纷纷"
二句：春秋时期有十二诸侯国，即所谓"列国纷纷"。而众多诸侯
国之中，晋国比较强大，尤其是晋文公（重耳）当政之后，国力
比以前更为强盛。　[4] 不甫能风调雨顺太平年宠用着这般人：意
谓好不容易遇上太平日子，却没想到国君重用坏人。不甫能，好
不容易。元杂剧常用。　[5] 多咱是：大多是。　[6] 阃（kǔn）外
将军：指护国将军。阃外，在关系朝政的语境里，阃外与阃内对
举，阃内指朝廷之内，阃外指朝廷之外。阃，原意为门槛。　[7] 带
云：指主唱者在演唱当中停下来说。"云"与"唱"相对，"云"

即说话（念白）。　[8]令人：即听候命令的卒子。

（程婴做慌走上，云）我抱着这药箱，里面有赵氏孤儿。天也可怜，喜的韩厥将军把住府门，他须是我老相公抬举来的。若是撞的出去，我与小舍人性命都得活也。（做出门科）（正末云）小校，拿回那抱药箱儿的人来。你是甚么人？（程婴云）我是个草泽医人，姓程，是程婴。（正末云）你在那里去来？（程婴云）我在公主府内煎汤下药来。（正末云）你下甚么药？（程婴云）下了个益母汤[1]。（正末云）你这箱儿里面甚么物件？（程婴云）都是生药。（正末云）是甚么生药？（程婴云）都是桔梗、甘草、薄荷。（正末云）可有什么夹带？（程婴云）并无夹带。（正末云）这等你去。（程婴做走，正末叫科，云）程婴回来。这箱儿里面是甚么物件？（程婴云）都是生药。（正末云）可有甚么夹带？（程婴云）并无夹带。（正末云）你去。（程婴做走，正末叫科，云）程婴回来。你这其中必有暗昧。我着你去呵，似弩箭离弦，叫你回来呵，便似毡上拖毛[2]。程婴，你则道我不认的你哩！（唱）

【河西后庭花】你本是赵盾家堂上宾，我须是屠岸贾门下人。你便藏着那未满月麒麟种[3]，（带云）程婴你见么？（唱）怎出的这不通风虎豹屯[4]？我不是下将军也不将你来盘问[5]。（云）程婴，我想你多曾受赵家恩来。（程婴云）是知恩报恩，何必要说。（正

如此“盘问”，引发程婴的紧张情绪，以及他对韩厥的戒心。为接下来的戏剧冲突做铺垫。

（末唱）你道是既知恩合报恩，只怕你要脱身难脱身。前和后把住门，地和天那处奔？若拿回审个真，将孤儿往报闻，生不能，死有准。

（云）小校靠后，唤您便来，不唤您休来。（卒子云）理会的。（正末做揭箱子见科，云）程婴，你道是桔梗、甘草、薄荷，我可搜出人参来也[6]。（程婴做慌，跪伏科）（正末唱）

王批："搜出人参。"双关妙语。

此时的程婴十分被动，一下子似乎无计可施。剧情达至"瓶颈"，如何发展变化，扣人心弦。

【金盏儿】见孤儿额颅上汗津津，口角头乳食喷；骨碌碌睁一双小眼儿将咱认[7]，悄促促箱儿里似把声吞[8]；紧绑绑难展足，窄狭狭怎翻身？他正是成人不自在，自在不成人。

（程婴词云）告大人停嗔息怒，听小人从头分诉：想赵盾晋室贤臣，屠岸贾心生嫉妒；遣神獒扑害忠良[9]，出朝门脱身逃去；驾单轮灵辄报恩[10]，入深山不知何处。奈灵公听信谗言，任屠贼横行独步。赐驸马伏剑身亡[11]，灭九族都无活路。将公主囚禁冷宫，那里讨亲人照顾？遵遗嘱唤做孤儿，子共母不能完聚。才分娩一命归阴，着程婴将他掩护。久以后长立成人，与赵家看守坟墓。肯分的遇着将军[12]，满望你拔刀相助。若再剪除了这点萌芽，可不断送他灭门绝户？（正末云）程婴，

我若把这孤儿献将出去，可不是一身富贵？但我韩厥是一个顶天立地的男儿，怎肯做这般勾当！（唱）

【醉中天】我若是献出去图荣进，却不道利自己损别人。可怜他三百口亲丁尽不存，着谁来雪这终天恨。（带云）那屠岸贾若见这孤儿呵，（唱）怕不就连皮带筋[13]，捻成齑粉。我可也没来由立这样没眼的功勋。

（云）程婴，你抱的这孤儿出去。若屠岸贾问呵，我自与你回话。（程婴云）索谢了将军[14]。（做抱箱儿走出又回跪科）（正末云）程婴，我说放你去，难道要你？可快出去！（程婴云）索谢了将军。（做走又回跪科）（正末云）程婴，你怎生又回来？（唱）

【金盏儿】敢猜着我调假不为真，那知道蕙叹惜芝焚[15]。去不去我几回家将伊尽[16]，可怎生到门前兜的又回身？（带云）程婴，（唱）你既没包身胆，谁着你强做保孤人？可不道忠臣不怕死，怕死不忠臣。

（程婴云）将军，我若出的这府门去，你报与屠岸贾

此处程婴机智镇定，一番言辞打动了韩厥，而韩厥的表白又符合他的立场和性格。这是本折戏的一个"转折点"。同时，程婴复述"灵辄报恩"等故事，一则是受说唱文学的影响，二则是增强对韩厥的说服力，三则也是为了加深观众（读者）对剧情来龙去脉的理解。

程婴如此"反复"，戒心未除，他还要进一步观察韩厥是否真心让他逃离。可见程婴是十分谨慎之人。

知道，别差将军赶来拿住我程婴，这个孤儿万无活理。罢，罢，罢！将军，你拿将程婴去，请功受赏。我与赵氏孤儿，情愿一处身亡便了。（正末云）程婴，你好去的不放心也！（唱）

此时，韩厥一边焦急，一边感到委屈。焦急的是程婴还不赶紧出去，委屈的是自己的一番苦心还没有得到程婴的理解。

【醉扶归】你为赵氏存遗胤[17]，我于屠贼有何亲？却待要乔做人情遣众军[18]，打一个回风阵。你又忠我可也又信，你若肯舍残生我也愿把这头来刎。

【青歌儿】端的是一言一言难尽，（带云）程婴，（唱）你也忒眼内眼内无珍[19]。将孤儿好去深山深处隐[20]，那其间教训成人，演武修文；重掌三军，拿住贼臣；碎首分身，报答亡魂，也不负了我和你硬踹着是非门，担危困。

（带云）程婴，你去的放心者。（唱）

【赚煞尾】能可在我身儿上讨明白[21]，怎肯向贼子行搋推问[22]！猛拼着撞阶基图个自尽，便留不得香名万古闻。也好伴钮麑共做忠魂[23]。你，你，你要殷勤照觑晨昏[24]，他须是赵氏门中一命根。直等待他年长进，才说与从前话本[25]；

是必教报仇人，休忘了我这大恩人。（自刎下）

（程婴云）呀，韩将军自刎了也。则怕军校得知，报与屠岸贾知道，怎生是好？我抱着孤儿须索逃命去来。（诗云）韩将军果是忠良，为孤儿自刎身亡。我如今放心前去，太平庄再做商量[26]。（下）

［注释］

[1] 益母汤：中医方剂名，主治妇女血崩。因在公主产后，故程婴说"下了个益母汤"。　[2] 毡（zhān）上拖毛：意为迟缓，慢吞吞。此语元杂剧中常见，如《李逵负荆》杂剧第三折："宋公明似毡上拖毛。"毡，为毛制品。在毡上拖毛，多有涩滞，形容脚步畏缩不前。　[3] 麒麟种：代指出身高贵。麒麟，被视为灵兽，代指高贵。　[4] 虎豹屯：比喻严防死守的地方，难以逃出。虎豹，借喻威武厉害的守军。　[5] 下将军：春秋时，各诸侯国军队设上、中、下三军。下将军，是指挥"下军"的将领。　[6] 人参：谐音"人身"，指药箱里藏着的赵氏孤儿。　[7] 骨碌碌：此处形容眼珠转动的样子，表示机灵可爱。　[8]"悄促促箱儿里似把声吞"以下三句：形容药箱里的婴儿好像很懂事的样子，在狭小的箱子里故意抿着嘴不出声，紧绑绑的难以伸脚，窄狭狭的无法转身。　[9] 遣神獒扑害忠良：指屠岸贾训练神獒（恶犬）扑杀忠臣赵盾。　[10] 驾单轮灵辄报恩：此指晋灵公的武士灵辄曾受恩于赵盾，晋灵公欲杀赵盾，灵辄在危急之际放走赵盾，以此报恩。灵辄此后逃入深山，不知所踪。"灵辄报恩"成为古代诗文常用的典故（事见《史记·晋世家》）。而"驾单轮"细节，或许出于民间传说，不详。　[11]"赐驸马伏剑身亡"二句：本

韩厥此举，义薄云天，可谓千古英雄，令人感动不已。剧情至此达至一个"小高潮"。

"太平庄再做商量"一句，引出此后的更为复杂、紧张的剧情。此剧针线之细密，可见一斑。

剧指晋灵公（历史上是晋景公）在屠岸贾的蛊惑之下杀害驸马赵朔以及赵氏全族。　[12]肯分的：恰恰，正好，凑巧。　[13]"怕不就连皮带筋"二句：形容屠岸贾不会放过孤儿，一定会将他毁尸灭迹。连皮带筋捻成齑粉，比喻杀害之后不留痕迹。齑（jī），捣碎成粉。　[14]索：意为"须"。　[15]那知道蕙叹惜芝焚：此句意为（你）哪里知道我也是十分同情赵氏孤儿的，如同灵芝芝焚毁时，蕙兰也会叹息一样。蕙、芝同属香草，比喻自己（韩厥）与赵氏家族是同属忠臣。　[16]我儿回家将伊尽（jǐn）：意为我多少次迁就、顺从、配合了他。此句唱的是韩厥的内心独白，埋怨程婴还不赶快离开，急死人了。伊，第三人称代词。尽，意为任由、要怎样就怎样。　[17]遗胤（yìn）：遗下的后裔。胤，后代。　[18]乔做人情：意为假做人情。此处，韩厥埋怨程婴不信任自己，以为自己是假意帮忙。乔，元杂剧常用语，在这里与"假"同义。　[19]你也忒眼内眼内无珍：意为你也太不了解我了，不知道我是站在赵氏家族一边的。眼内无珍，此指你不懂得我存在的价值。　[20]"将孤儿好去深山深处隐"以下九句：意为（程婴）你好好将赵氏孤儿藏在深山里，陪着他成长，适时加以教导，让他掌握文武之道，长大后继承赵氏家族的政治声望，重掌三军，拿住屠岸贾，将其碎尸万段，报了大仇，也好好地报答为此而牺牲的亡魂，这样我也不枉此生了。这首【青歌儿】中的"教训成人，演武修文；重掌三军，拿住贼臣；碎首分身，报答亡魂"都属于增句，全是四字句。　[21]能可：宁可。　[22]怎肯向贼子行（háng）捱推问：意为怎肯在乱臣贼子那边遭受无情的审讯与逼供（韩厥宁可自杀也不接受屠岸贾的摧残）。贼子行，即贼子那里。行，元杂剧常用语，指示方位，意为"那里""那边"。捱，即挨，遭受。推问，刑讯逼供。　[23]也好伴鉏麑共做忠魂：鉏麑是春秋时晋国刺客，本剧写屠岸贾要他去杀害赵盾，他不忍心下手残害忠良，自己触槐树而死。此句意为鉏麑是榜样，我也如他那样不做伤天害理的事，死后跟他一起相伴于泉下，同留"忠魂"之名。　[24]照觑（qù）晨昏：意为要照顾好赵氏孤儿的日常生活。照觑，照看，照顾。晨昏，代指日常生活。　[25]从前话本：意为从前的故事。话本，宋元时称故事为"话"，称故事文本为"话本"。　[26]太平庄：即第二折出现的"吕吕太平庄"，是剧中公孙杵臼的住地。公孙杵臼的生平、籍贯及履历等不见于《史记·赵世家》，所谓"吕吕太平庄"当是虚构的地名。

[点评]

这一折的出场人物，最为突出的是程婴和韩厥。

历史上的韩厥，是春秋时晋国权贵韩武子的后裔，且在晋灵公时期得到赵盾的赏识和提拔，对赵氏心存感恩之心（参见《国语·晋语五》及《左传》成公十七年）。他在晋景公时期曾经抵制屠岸贾杀害赵氏家族的阴谋，拒不参与；对有人私藏赵氏孤儿，颇为知情。至晋景公晚年，韩厥仍然在晋景公身边。晋景公十七年（前583），即赵氏孤儿出生后第十五年，晋景公生病，疑神疑鬼，生怕有晋国的冤魂作祟，问韩厥赵氏是否尚有后人，韩厥知道赵氏孤儿匿藏的行踪，趁机告知景公赵氏孤儿尚在人世；晋景公召赵武（即赵氏孤儿）与程婴入朝，支持赵武复仇，赵武因而得以灭屠岸贾一族（《史记·赵世家》和《史记·韩世家》）。可知，韩厥绝无"自刎"的情节。

本折的最大亮点是虚构韩厥为了取得程婴的信任，

让他消除后顾之忧，自杀身亡，以此证明自己真心帮助程婴救出赵氏遗孤。剧作家塑造了韩厥的无私正直、义薄云天的形象，其血性与刚烈，其仁义与勇武，均给人留下深刻印象。

剧中此前也写到公主自缢，是剧作者的虚构。公主之亡与韩厥之死相继出现，悲情交织，使得这一出戏充满着悲剧色彩，为剧情的走向定下了"悲情"基调。

而作为剧中关键人物的程婴，作为一位民间医生，除了职业专长之外，更具有刚毅沉着的性格，以及见义勇为、机智稳重的人格特质。他接受了晋国公主的"重托"，冒着极大的风险去担负着一件几乎不可能完成的任务，义无反顾，无惧无畏，同时又小心翼翼、一丝不苟、镇定自若，当韩厥打开药箱发现"人参"时，读者或观众真要为程婴捏一把冷汗。可程婴随即调整心态，一番言辞，动之以情，晓之以理，说服韩厥参与营救孤儿。韩厥也为之感动，说"我韩厥是一个顶天立地的男儿，怎肯做这般勾当"，足见程婴的话语十分奏效，也表现出他的机巧灵活与临危不乱的心理素质。

程婴与韩厥的互动构成本折主要的戏剧情境，从相互猜疑到相互信任，充满着戏剧张力，紧张曲折，环环相扣，而以韩厥的自刎达至一个小高潮。剧作家是一位善于"写戏"的行家里手。

第二折

（屠岸贾领卒子上，云）事不关心，关心者乱。某屠岸贾。只为公主生下一个小的，唤做赵氏孤儿，我差下将军韩厥把住府门，搜检奸细；一面张挂榜文，若有掩藏赵氏孤儿者，全家处斩，九族不留。怕那赵氏孤儿会飞上天去？怎么这早晚还不见送到孤儿，使我放心不下。令人，与我门外觑者。（卒子报科，云）报元帅，祸事到了也。（屠岸贾云）祸从何来？（卒子云）公主在府中将裙带自缢而死，把府门的韩厥将军也自刎身亡了也。（屠岸贾云）韩厥为何自刎了？必然走了赵氏孤儿，怎生是好？眉头一皱，计上心来：我如今不免诈传灵公的命，把晋国内但是半岁之下、一月之上新添的小厮，都与我拘刷将来[1]，见一个剁三剑，其中必然有赵氏孤儿。可不除了我这腹心之害？令人，与我张挂榜文，着晋国内但是半岁之下、一月之上新添的小厮，都拘刷到我帅府中来听令；违者全家处斩，九族不留。（诗云）我拘刷尽晋国婴孩，料孤儿没处藏埋；一任他金枝玉叶[2]，难逃我剑下之灾。（下）

［注释］

[1]拘刷：意为统统拘拿。又作"拘摄"，见下文程婴语。刷，有清查、清扫之意，即"全覆盖"。　[2]金枝玉叶：指出身高贵者。

屠岸贾奸邪成性，残暴至极。剧本写出了屠岸贾的前后心理变化，可谓入木三分。

（正末扮公孙杵臼[1]，领家童上，云）老夫公孙杵臼是也。在晋灵公位下为中大夫之职[2]。只因年纪高大，见屠岸贾专权，老夫掌不得王事，罢职归农。苫庄三顷地[3]，扶手一张锄，住在这吕吕太平庄上。往常我夜眠斗帐听寒角，如今斜倚柴门数雁行，倒大来悠哉也呵！（唱）

剧作者从"闲情"写起，更能反衬出公孙杵臼老年生活的"突变"情状，其挺身而出的牺牲行为显得更为光照日月、彪炳千古。

【南吕·一枝花[4]】兀的不屈沉杀大丈夫，损坏了真梁栋。被那些腌臜屠狗辈[5]，欺负俺慷慨钓鳌翁[6]。正遇着不道的灵公[7]，偏贼子加恩宠[8]，着贤人受困穷。若不是急流中将脚步抽回，险些儿闹市里把头皮断送。

【梁州第七】他、他、他在元帅府扬威也那耀勇；我、我、我在太平庄罢职归农。再休想鹓班豹尾相随从^[9]。他如今官高一品，位极三公^[10]，户封八县，禄享千钟。见不平处有眼如矇，听咒骂处有耳如聋。他、他、他只将那会谄谀的着列鼎重茵，害忠良的便加官请俸，耗国家的都叙爵论功。他、他、他只贪着，目前受用，全不省爬的高来可也跌的来肿。怎如俺守田园学耕种，早跳出伤人饿虎丛。倒大来从容。

[注释]

[1]公孙杵臼：赵朔的门客。其人不见载于先秦文献，只是见于《史记·赵世家》及《史记·韩世家》。　[2]中大夫：古时，大夫分上中下三等，"中大夫"居中。说公孙杵臼"在晋灵公位下为中大夫之职"，并无历史依据，可视为"小说家言"。　[3]苫（shàn）：本意是用草编成的覆盖物，这里用为动词，表示开垦并占用的意思。　[4]南吕：本折所用的宫调是南吕宫，依次是【一枝花】（全曲9句）、【梁州第七】（全曲18句）、【隔尾】（全曲6句）、【牧羊关】（全曲9句）、【红芍药】（全曲8句）、【菩萨梁州】（全曲10句）、【三煞】（全曲8句）、【二煞】（全曲8句）、【煞尾】（基本句数是6句，可以在第2句之下增句，而且以增句为常态，本折的【煞尾】共16句，增10句，详见【煞尾】注释）。　[5]腌臜（ā za）屠狗辈：此处是对像屠岸贾之流的蔑称。腌臜，即肮脏。　[6]钓鳌翁：与"屠狗辈"对举，比喻国家栋梁之才。钓鳌，喻抱负远大。鳌，为传说中海里的大鳖。　[7]不道的灵公：史称"晋灵公不君"（《左传》宣公二年）。此语有历史依据。本剧第四

折赵武唱词有"我则待扶明主晋灵公"句，固然属"小说家言"，但也反映出此时的赵武深受屠岸贾的蛊惑，浅薄无知。　[8] 贼子：此指屠岸贾。　[9] 鹓（yuān）班豹尾：代指文武大臣的行列。鹓，是凤凰一类的鸟；豹，强悍有力，分别指代"文"与"武"。　[10] 三公：周朝时已有，指太师、太傅和太保；秦汉时，指丞相、太尉和御史；魏晋时期，指太尉、司徒和司空。"位极三公"代指极有权势。

程婴语气急迫，语句短促，活灵活现。他在万分危急的情况下气喘吁吁地来到公孙杵臼住处，一下子给公孙平静的生活掀起惊天波澜。这是当行本色的戏剧写法。

（程婴上，云）程婴，你好慌也！小舍人，你好险也！屠岸贾，你好狠也！我程婴虽然担着个死，撞出城来，闻的那屠岸贾见说走了赵氏孤儿，要将晋国内半岁之下、一月之上小孩儿每，都拘摄到元帅府里，不问是孤儿不是孤儿，他一个个亲手剁做三段。我将的这小舍人送到那厢去？好，有了！我想吕吕太平庄上公孙杵臼，他与赵盾是一殿之臣，最相交厚。他如今罢职归农。那老宰辅是个忠直的人，那里堪可掩藏。我如今来到庄上，就在这芭棚下 [1]，放下这药箱。小舍人，你且权时歇息咱，我见了公孙杵臼便来看你。家童，报复去，道有程婴求见。（家童报科，云）有程婴在于门首。（正末云）道有请。（家童云）请进。（正末见科，云）程婴，你来有何事？（程婴云）在下见老宰辅在这太平庄上，特来相访。（正末云）自从我罢官之后，众宰辅每好么？（程婴云）嗨，这不比老宰辅为官时节。如今屠岸贾专权，较往常都不同了也。（正末云）也该着众宰辅每劝谏劝谏。（程婴云）老宰辅，这等贼臣自古有之，便是那唐虞之世，

也还有四凶哩^[2]。（正末唱）

【隔尾】你道是古来多被奸臣弄，便是圣世何尝
没四凶；谁似这万人恨千人嫌一人重？他不廉不
公，不孝不忠，单只会把赵盾全家杀的个绝了
种！

（程婴云）老宰辅，幸得皇天有眼，赵氏还未绝种哩。
（正末云）他家满门良贱三百余口，诛尽杀绝；便是驸
马也被三般朝典短刀自刎了，公主也将裙带缢死了，
还有什么种在那里？（程婴云）那前项的事，老宰辅
都已知道，不必说了。近日公主囚禁府中，生下一
子，唤做孤儿。这不是赵家是那家的种？但恐屠岸
贾得知，又要杀坏；若杀了这一个小的，可不将赵
家真绝了种也！（正末云）如今这孤儿却在那里，不
知可有人救的出来么？（程婴云）老宰辅既有这点见
怜之意，在下敢不实说？公主临亡时，将这孤儿交
付与了程婴，着好生照觑他，待到成人长大，与父
母报仇雪恨。我程婴抱的这孤儿出门，被韩厥将军
要拿的去报与屠岸贾，是程婴数说了一场，那韩厥
将军放我出了府门，自刎而亡。如今将的这孤儿无
处掩藏，我特来投奔老宰辅。我想宰辅与赵盾元是
一殿之臣，必然交厚，怎生可怜见救这个孤儿咱！
（正末云）那孤儿今在何处？（程婴云）现在芭棚下哩。
（正末云）休惊諕着孤儿，你快抱的来！（程婴做取箱

开看科，云）谢天地，小舍人还睡着哩。

［注释］

［1］芭棚：用芦苇或茅草等搭建的凉棚，以遮挡风雨或烈日。　［2］四凶：相传为尧舜时的四个恶名昭彰的部族首领，分别是浑敦、穷奇、梼杌和饕餮（见《左传》文公十八年）。

（正末接科）（唱）

【牧羊关】这孩儿未生时绝了亲戚，怀着时灭了祖宗，便长成人也则是少吉多凶。他父亲斩首在云阳，他娘呵囚在禁中。那里是有血腥的白衣相[1]，则是个无恩念的黑头虫[2]。（程婴云）赵氏一家，全靠着这小舍人，要他报仇哩。（正末唱）你道他是个报父母的真男子，我道来则是个妨爷娘的小业种[3]。

（程婴云）老宰辅不知，那屠岸贾为走了赵氏孤儿，晋国内小的都拘刷将来，要伤害性命。老宰辅，我如今将赵氏孤儿偷藏在老宰辅跟前，一者报赵驸马平日优待之恩，二者要救晋国小儿之命。念程婴年近四旬有五，所生一子，未经满月；待假装做赵氏孤儿，等老宰辅告首与屠岸贾去，只说程婴藏着孤儿。把俺父子二人一处身死；老宰辅慢慢的抬举的

看似闲笔，却是不可缺少的笔墨。一则，与上一折在韩厥面前打开药箱时的紧张气氛形成对比，一则可爱的婴儿懵然无知、甜甜酣睡，正是反衬出危急深重的戏剧情境就在目前。

公孙杵臼这番话，说明他原来是没有心理准备去为了"赵氏孤儿"而做出重大牺牲的。这反倒形成了一种戏剧张力，更有戏剧性。孟批云："十分涕愤，方有此骂。不如此，行文便少波澜。"

孤儿成人长大，与他父母报仇，可不好也！

（正末云）程婴，你如今多大年纪了？（程婴云）在下四十五岁了。（正末云）这小的算着二十年呵，方报的父母仇恨。你再着二十年[4]，也只是六十五岁；我再着二十年呵，可不九十岁了？其时存亡未知，怎么还与赵家报的仇？程婴，你肯舍的你孩儿，倒将来交付与我，你自首告屠岸贾处，说道太平庄上公孙杵臼藏着赵氏孤儿。那屠岸贾领兵校来拿住，我和你亲儿一处而死；你将的赵氏孤儿抬举成人，与他父母报仇，方才是个长策。（程婴云）老宰辅，是则是，怎么难为的你老宰辅！你则将我的孩儿假装做赵氏孤儿，报与屠岸贾去，等俺父子二人一处而死罢。（正末云）程婴，我一言已定，再不必多疑了。（唱）

【红芍药】须二十年酬报的主人公[5]，恁时节才称心胸。只怕我迟疾死后一场空。（程婴云）老宰辅，你精神还强健哩。（正末唱）我精神比往日难同，闪下这小孩童怎见功？你急切里老不的形容，正好替赵家出力做先锋。（带云）程婴，你只依着我便了。（唱）我委实的挨不彻暮鼓晨钟[6]。

[注释]

[1] 白衣相：本指具备做宰相的潜质的白衣人士，此指将来长

"方才是个长策"六个字，充满着人情世故、斗争智慧和高明策略。公孙阅历深、见识广，一番"算计"之下，想出此策，不仅精明，而且更是感天动地。公孙与程婴，各有重大牺牲，他们为了孤儿，更是为了全国婴儿的安危，因而其正义的价值光耀万代。这是"赵氏孤儿"的故事蓝本所没有的，是杂剧作家赋予的。

大后的赵氏孤儿。"有血腥的"四字修饰"白衣相",指赵氏孤儿背负着家族血仇。　[2]黑头虫:民间说法,黑头虫会将自己的父母吃掉,比喻极为不孝,忘恩负义。公孙此前有一句"便长成人也则是少吉多凶","黑头虫"云云,意谓给父母带来厄难。　[3]妨爷娘的小业种:与上文"无恩念的黑头虫"意思相同,均是说赵氏孤儿生的不是时候,给父母带来灾祸。"小业种"是骂人的话。公孙在这里所说的话,表明他一开始不是很积极参与"藏孤"行动,觉得价值不大。可是,接下来程婴告知自己打算牺牲自己和亲儿,以拯救晋国的婴幼儿,并请公孙帮助"藏孤",这才引出公孙跟程婴计算各自年龄的事情。　[4]再着:再过。　[5]须二十年酬报:本剧设定"赵氏孤儿"成长到20岁(弱冠之年)才为父母报仇。但《史记·赵世家》记载,"灭族"事件发生后15年,即赵武15岁之时,韩厥抓住晋景公生病疑神疑鬼的机会,"具实以告",将"赵氏孤儿"故事和盘托出,成功辅助赵武"复立"。　[6]挨不彻暮鼓晨钟:意为自己时日无多。

程婴本来很了解公孙杵臼,否则就不会来找他。此时说"老宰辅既应承了,休要失信",可见事关重大,程婴加重语气,以求万无一失。剧作者写出二人的心理磨合过程,文心极细。

(程婴云)老宰辅,你好好的在家,我程婴不识进退,平白地将着这愁布袋连累你老宰辅,以此放心不下。(正末云)程婴,你说那里话?我是七十岁的人,死是常事,也不争这早晚。(唱)

【菩萨梁州】向这傀儡棚中,鼓笛搬弄,只当做场短梦[1]。猛回头早老尽英雄。有恩不报怎相逢,见义不为非为勇。(程婴云)老宰辅既应承了,休要失信。(正末唱)言而无信言何用?(程婴云)老宰辅,你若存的赵氏孤儿，当名标青史，万古留芳。（正末唱）也不索把咱来厮陪奉。大丈夫何愁一命终，况兼我白发蓬松。

（程婴云）老宰辅，还有一件：若是屠岸贾拿住老宰辅，你怎熬的这三推六问[2]，少不得指攀我程婴下来。俺父子两个死是分内，只可惜赵氏孤儿，终归一死，可不把你老宰辅干累了也？（正末云）程婴，你也说的是。我想那屠岸贾与赵驸马呵，（唱）

【三煞】这两家做下敌头重。但要访的孤儿有影踪，必然把太平庄上兵围拥，铁桶般密不通风。（云）那屠岸贾拿住了我，高声喝道：老匹夫，岂不见三日前出下榜文，偏是你藏下赵氏孤儿，与俺作对。请波，请波！（唱）则说老匹夫请先入瓮，也须知榜揭处天都动；偏你这罢职归田一老农，公然敢剔蝎撩蜂。

【二煞】他把绷扒吊拷般般用，情节根由细细穷；那其间枯皮朽骨难禁痛，少不得从实攀供。可知道你个程婴怕恐。（带云）程婴，你放心者！（唱）我从来一诺似千金重。便将我送上刀山与剑峰，断不做有始无终。

公孙杵臼"我从来一诺似千金重"一语，字字千钧，极为悲壮，感人肺腑。

（云）程婴，你则放心前去，抬举的这孤儿成人长大，与他父母报仇雪恨。老夫一死，何足道哉！（唱）

【煞尾[3]】凭着赵家枝叶千年永，晋国山河百二雄。显耀英材统军众，威压诸邦尽伏拱，遍拜公卿诉苦衷。祸难当初起下宫[4]，可怜三百口亲丁饮剑锋，刚留得孤苦伶仃一小童。巴到今朝袭父封[5]，提起冤仇泪如涌。要请甚旗牌下九重，早拿出奸臣帅府中。断首分骸祭祖宗，九族全诛不宽纵。恁时节才不负你冒死存孤报主公，便是我也甘心儿葬近要离路傍冢[6]！（下）

（程婴云）事势急了，我依旧将这孤儿抱的我家去，将我的孩儿送到太平庄上来。（诗云）甘将自己亲生子，偷换他家赵氏孤；这本程婴义分应该得，只可惜遗累公孙老大夫。（下）

［注释］

[1]只当做场短梦：此剧与上文"向这傀儡棚中，鼓笛搬弄"相连，意为人生如戏又如梦，不必计算长短。傀儡棚，指戏棚。宋元时期，盛行傀儡戏。此处是借用（春秋时没有傀儡戏）。　[2]三推六问：形容反复拷打审讯。元杂剧常用来描述官场司法黑暗残暴。　[3]煞尾：整支曲子借公孙杵臼之口，先是表彰了赵氏家族在晋国的复兴事业中曾做出的贡献，

以"祸难当初起下宫，可怜三百口亲丁饮剑锋，刚留得孤苦伶仃一小童"的惨剧做反衬，面对如此巨大的反差，公孙表明这是"奸臣"祸害忠良的斗争，他要将清除奸臣的重任压在比自己年轻的程婴身上，希望有朝一日为赵氏家族讨回公道，严惩奸臣。言语间，公孙从古人要离当年的悲壮之举获取精神力量，流露出视死如归的气概。"显耀英材统军众，威压诸邦尽伏拱，遍拜公卿诉苦衷。祸难当初起下宫，可怜三百口亲丁饮剑锋，刚留得孤苦伶仃一小童。巴到今朝袭父封，提起冤仇泪如涌。要请甚旗牌下九重，早拿出奸臣帅府中"，一共 10 句，均为增句。　[4]下宫：赵氏家族的居所。《史记·赵世家》记屠岸贾"攻赵氏于下宫"，史称"下宫之难"。　[5]巴到：等到。今朝（cháo）：本朝。此指公孙预期等到赵氏孤儿长大，可以袭封父祖的封号和封地。　[6]要离：春秋时吴国公子光的门客，为公子光刺杀其政敌庆忌，尔后自杀（事见《吴越春秋·阖闾内传》）。

[点评]

　　韩厥自尽之后，公孙杵臼出场。公孙以老迈之年参与营救赵氏孤儿的行动之中，这也是一位光彩夺目的悲剧人物。

　　这一折戏，杂剧作家做了一个关键性的改动，是以往"赵氏孤儿"故事蓝本所不具备的，就是赋予程婴、公孙杵臼的行动以更大的正义性。本来，屠岸贾似乎胸有成竹，志得意满，以为自己布下了天罗地网，赵氏孤儿逃不出他的手掌心。没想到韩厥自尽，放走了程婴，孤儿逃出深宫。这对于屠岸贾而言是极为"意外"的。

他心狠手辣，诡计多端，无所不用其极，于是，"眉头一皱，计上心来：我如今不免诈传灵公的命，把晋国内但是半岁之下、一月之上新添的小厮，都与我拘刷将来，见一个剁三剑，其中必然有赵氏孤儿。可不除了我这腹心之害？"这一招，十分狠毒。如果不能妥善应对，会累及全国婴儿的性命。为此，程婴与公孙，在危难面前没有退缩，一番你推我让之后，终于想出一个虽有重大牺牲却也能够藏匿孤儿，并且保护全国婴儿的"万全之策"。程婴与公孙各自的重大牺牲因而具有极为悲壮的感人力量。

公孙杵臼与程婴相熟相知，但是，从来没有遇到如此棘手的难题。他们有一个心理磨合的过程。公孙僻居太平庄，对时局不甚了解，他本以为赵氏孤儿是其父母的克星，一出生就给家族带来灭顶之灾，救下这个"黑头虫"不值得。可是，程婴告诉他，如今晋国的婴幼儿都处于极度危险之中，自己有意做出牺牲，同时让自己的亲儿代替赵氏孤儿，以此来保护好天下所有的婴幼儿，并请公孙代为抚育赵氏孤儿。公孙明白了其中的利害关系，毅然牺牲自己。剧作者着眼于写出他们各自的性格：公孙世故沉稳，不无迷信和老态，却也明辨是非，洞悉世情；程婴细致精明，正当盛年，绝不患得患失，勇毅刚强。而两人也有共性，都是义无反顾、急公好义、敢于斗争、不怕牺牲的英雄。

程婴在本折末尾说："事势急了，我依旧将这孤儿抱的我家去，将我的孩儿送到太平庄上来。（诗云）甘将自己亲生子，偷换他家赵氏孤；这本程婴义分应该得，只

可惜遗累公孙老大夫。"这是充满着悬念的一番话，观众
（读者）不知道此后会发生什么，却会为孤儿的命运而揪
心不已。戏剧的张力因而愈发增强。

第三折

屠岸贾上场一
再重复"榜文"内
容，剧作者借此强
调程婴、公孙"救
孤"的正义性质，
他们的行动并不局
限于"私恩"，更是
为了公义。

（屠岸贾领卒子上，云）兀的不走了赵氏孤儿也！某已
曾张挂榜文，限三日之内，不将孤儿出首，即将晋
国内小儿，但是半岁以下、一月以上，都拘刷到我
帅府中，尽行诛戮。令人，门首觑者。若有首告之人，
报复某家知道。

（程婴上，云）自家程婴是也。昨日将我的孩儿送与
公孙杵臼去了。我今日到屠岸贾跟前首告去来[1]。
令人，报复去：道有了赵氏孤儿也！（卒子云）你
则在这里，等我报复去。（报科，云）报的元帅得
知，有人来报，赵氏孤儿有了也。（屠岸贾云）在那
里？（卒子云）现在门首哩。（屠岸贾云）着他过来。
（卒子云）着过来。（做见科，屠岸贾云）兀那厮，你是
何人？（程婴云）小人是个草泽医士程婴。（屠岸贾
云）赵氏孤儿今在何处？（程婴云）在吕吕太平庄

上，公孙杵臼家藏着哩。（屠岸贾云）你怎生知道来？
（程婴云）小人与公孙杵臼曾有一面之交。我去探望
他，谁想卧房中锦绷绣褥上，躺着一个小孩儿。我
想公孙杵臼年纪七十，从来没儿没女，这个是那里
来的？我说道："这小的莫非是赵氏孤儿么？"只见
他登时变色，不能答应。以此知孤儿在公孙杵臼家
里。（屠岸贾云）咄！你这匹夫，你怎瞒的过我？你
和公孙杵臼往日无仇，近日无冤，你因何告他藏着
赵氏孤儿？你敢是知情么，说的是万事全休；说的
不是，令人，磨的剑快，先杀了这个匹夫者。（程婴云）
告元帅暂息雷霆之怒，略罢虎狼之威，听小人诉说
一遍咱。我小人与公孙杵臼原无仇隙，只因元帅传
下榜文，要将晋国内小儿拘刷到帅府，尽行杀坏。我
一来为救晋国内小儿之命；二来小人四旬有五^[2]，
近生一子，尚未满月；元帅军令，不敢不献出来，
可不小人也绝后了。我想，有了赵氏孤儿，便不损
坏一国生灵，连小人的孩儿也得无事，所以出首。（诗
云）告大人暂停嗔怒，这便是首告缘故。虽然救晋
国生灵，其实怕程家绝户。（屠岸贾笑科，云）哦，是了。
公孙杵臼元与赵盾一殿之臣，可知有这事来。令人，
则今日点就本部下人马，同程婴到太平庄上，拿公
孙杵臼走一遭去。（同下）

程婴想好了一
套说辞，并无破绽。

屠岸贾绝非等
闲之辈。程婴的说
辞尽管没有破绽，
但屠岸贾深谙世故。
他怀疑：无缘无故，
程婴主动前来"首
告"，必有"文章"。

程婴一番自
辩，滴水不漏，逻
辑清晰，不容置疑。
心思缜密的屠岸贾
也不得不信有其事。

[注释]

[1]首告：抢先告发，争取"第一"。　[2]"二来小人四旬有五"
二句：《史记·赵世家》无此细节，纯属虚构。程婴年纪偏大才生

得一子，极为难得。要牺牲此子，在"无后为大"的古代社会环境里必定是撕心裂肺的惨事。此时的程婴忍受着极度悲痛在"依计行事"，充满着内心张力。下文【梅花酒】"呀，想孩儿离褥草，到今日恰十朝，刀下处怎耽饶？空生长枉劬劳，还说甚要防老"一段，借公孙杵臼之口道出程婴的无以名状的惨烈之痛（公孙是"正末"，这一折戏由他主唱，这也反映出元杂剧一人主唱的特点：留下了其脱胎于说唱文学的痕迹）。

（正末公孙杵臼上，云）老夫公孙杵臼是也。想昨日与程婴商议救赵氏孤儿一事，今日他到屠岸贾府中首告去了。这早晚屠岸贾这厮必然来也呵。（唱）

【双调·新水令[1]】我则见荡征尘飞过小溪桥，多管是损忠良贼徒来到。齐臻臻摆着士卒，明晃晃列着枪刀。眼见的我死在今朝，更避甚痛答掠。

公孙心态从容，依计行事。此时，他万没想到接着会有一场比想象中的更为复杂凶险的"缠斗"。

（屠岸贾同程婴领卒子上，云）来到这吕吕太平庄上也。令人，与我围了太平庄者！程婴，那里是公孙杵臼宅院？（程婴云）则这个便是。（屠岸贾云）拿过那老匹夫来。公孙杵臼，你知罪么？（正末云）我不知罪。（屠岸贾云）我知你个老匹夫和赵盾是一殿之臣，你怎敢掩藏着赵氏孤儿？（正末云）老元帅，我有熊心豹胆？怎敢掩藏着赵氏孤儿！（屠岸贾云）不打不招。令人，与我拣大棒子着实打者！（卒子做打科）（正末唱）

"卒子做打科"，"缠斗"开始。

【驻马听】想着我罢职辞朝，曾与赵盾名为刎颈交。（云）这事是谁见来？（屠岸贾云）现有程婴首告着你哩。（正末唱）是那个埋情出告^[2]？元来这程婴舌是斩身刀。（云）你杀了赵家满门良贱三百余口，则剩下这孩儿，你又要伤他性命。（唱）你正是狂风偏纵扑天雕，严霜故打枯根草。不争把孤儿又杀坏了，可着他三百口冤仇甚人来报？

（屠岸贾云）老匹夫，你把孤儿藏在那里？快招出来，免受刑法。（正末云）我有甚么孤儿藏在那里，谁见来？（屠岸贾云）你不招？令人，与我采下去，着实打者！（做打科）（屠岸贾云）这老匹夫赖肉顽皮，不肯招承，可恼，可恼！程婴，这原是你出首的，就着替我行杖者！（程婴云）元帅，小人是个草泽医士，撮药尚然腕弱，怎生行的杖？（屠岸贾云）程婴，你不行杖，敢怕指攀出你么^[3]？（程婴云）元帅，小人行杖便了。（做拿杖子科，屠岸贾云）程婴，我见你把棍子拣了又拣，只拣着那细棍子，敢怕打的他疼了，要指攀下你来？（程婴云）我就拿大棍子打者。（屠岸贾云）住者。你头里只拣着那细棍子打，如今你却拿起大棍子来，三两下打死了呵，你就做的个死无招对。（程婴云）着我拿细棍子又不是，拿大棍子又不是，好着我两下做人难也。（屠岸贾

又是"做打科"，年已七旬的公孙哪能受得了！

一打再打之下，屠岸贾拿出狠招，逼令程婴打公孙。细棍子、大棍子、中棍子，程婴在屠岸贾的眼皮底下挑来拣去。他在跟屠岸贾展开着心理战，同时也在思量着如何减轻公孙的痛苦。但是，屠岸贾不依不饶，阴险狡猾，程婴极端无奈之下忍心打着公孙，而且是"三科了"，接连打三次。公孙没有想到的复杂的"缠斗"愈加超越忍受的极限。

孟批：故意攀指，机关转妙。

云）程婴，你只拿着那中等棍子打。公孙杵臼老匹夫，你可知道行杖的就是程婴么？（程婴行杖科，云）快招了者！（三科了）（正末云）哎哟，打了这一日，不似这几棍子打的我疼。是谁打我来？（屠岸贾云）是程婴打你来。（正末云）程婴，你划的打我那 [4]！（程婴云）元帅，打的这老头儿兀的不胡说哩。（正末唱）

【雁儿落】是那一个实丕丕将着粗棍敲 [5]？打的来痛杀杀精皮掉。我和你狠程婴有甚的仇，却教我老公孙受这般虐！

（程婴云）快招了者。（正末云）我招，我招！（唱）

【得胜令】打的我无缝可能逃，有口屈成招。莫不是那孤儿他知道，故意的把咱家指定了？（程婴做慌科）（正末唱）我委实的难熬，尚兀自强着牙根儿闹。暗地里偷瞧，只见他早諕的腿脡儿摇。

（程婴云）你快招罢，省得打杀你。（正末云）有，有，有。（唱）

【水仙子】俺二人商议要救这小儿曹。（屠岸贾云）

可知道指攀下来也。你说二人，一个是你了，那一个是谁？你实说将出来，我饶你的性命。（正末云）你要我说那一个，我说，我说。（唱）哎，一句话来到我舌尖上却咽了。（屠岸贾云）程婴，这桩事敢有你么？（程婴云）兀那老头儿，你休妄指平人[6]！（正末云）程婴，你慌怎么？（唱）我怎生把你程婴道，似这般有上梢无下梢[7]。（屠岸贾云）你头里说"两个"，你怎生这一会儿可说"无"了？（正末唱）只被你打的来不知一个颠倒。（屠岸贾云）你还不说，我就打死你个老匹夫！（正末唱）遮莫便打的我皮都绽[8]，肉尽销，休想我有半字儿攀着[9]。

正因为年迈的公孙已经超越忍受极限，"我委实的难熬"，天昏地暗，意识模糊，一不小心说漏了嘴。屠岸贾极为狡诈机敏，马上发现问题，逼问"一个是你了，那一个是谁"，情势陡然紧张。

公孙强忍着巨痛回过神来，化解对程婴不利的危难。

[注释]

[1] 双调：本折所用宫调是双调，曲牌依次是【新水令】（全曲6句）、【驻马听】（全曲8句）、【雁儿落】（全曲4句）、【得胜令】（全曲8句）、【水仙子】（全曲8句）、【川拨棹】（全曲6句）、【七弟兄】（全曲6句）、【梅花酒】（全曲7句，可增句，本折此曲共10句，详见下文注释）、【收江南】（全曲5句）、【鸳鸯煞】（全曲9句，有时第7句可以破为两句，本折即是，共10句，详见下文注释）。　[2] 埋情出告：昧着良心告发。　[3] 指攀：指正，指认。　[4] 划（chǎn）的：意为平白无故，忽然间。　[5] 实丕丕：意为实实在在，此处转义为使着狠劲儿。　[6] 平人：平白无辜的人。　[7] 有上梢无下梢：意为顾前不顾后，有始无终。　[8] 遮莫：

就算，任凭。　[9] 休想我有半字儿攀着：休想得到一星半点儿的消息。攀着，意谓把柄。

剧情令人不禁为之一惊。

（卒子抱俫儿上科，云）元帅爷贺喜，土洞中搜出个赵氏孤儿来了也。（屠岸贾笑科，云）将那小的拿近前来，我亲自下手，剁做三段！兀那老匹夫，你道无有赵氏孤儿，这个是谁？（正末唱）

【川拨棹】你当日演神獒把忠臣来扑咬。逼的他走死荒郊 [1]，刎死钢刀 [2]。缢死裙腰 [3]，将三百口全家老小尽行诛剿，并没那半个儿剩落，还不厌你心苗 [4]？

（屠岸贾云）我见了这孤儿，就不由我不恼也！（正末唱）

【七弟兄】我只见他左瞧，右瞧，怒咆哮。火不腾改变了狰狞貌 [5]，按狮蛮拽札起锦征袍 [6]，把龙泉扯离出沙鱼鞘 [7]。

程婴目睹亲子死于剑下，又惊又疼，却也不敢表露。人间惨痛，无过于此！

（屠岸贾怒云）我拔出这剑来，一剑、两剑、三剑！（程婴做惊疼科）（屠岸贾云）把这一个小业种剁了三剑，兀的不称了我平生所愿也。（正末唱）

【梅花酒 [8]】呀！见孩儿卧血泊，那一个哭哭号号^[9]，这一个怨怨焦焦^[10]，连我也战战摇摇。直恁般歹做作只除是没天道^[11]！呀，想孩儿离褥草^[12]，到今日恰十朝，刀下处怎耽饶^[13]？空生长枉劬劳^[14]，还说甚要防老^[15]！

【收江南】呀！兀的不是家富小儿骄。（程婴掩泪科）

（正末唱）见程婴心似热油浇，泪珠儿不敢对人抛。背地里搵了，没来由割舍的亲生骨肉吃三刀。

（云）屠岸贾那贼，你试觑者，上有天哩，怎肯饶过的你？我死打甚么不紧！（唱）

【鸳鸯煞】我七旬死后偏何老，这孩儿一岁死后偏知小。俺两个一处身亡，落的个万代名标。我嘱咐你个后死的程婴，想着那横亡的赵朔^[16]。畅道是光阴过去的疾^[17]，冤仇报复的早。将那厮万剐千刀，切莫要轻轻的素放了。

（正末撞科，云）我撞阶基，觅个死处。（下）（卒子报科，云）公孙杵臼撞阶基，身死了也。（屠岸贾笑科，云）那老匹夫既然撞死，可也罢了。（做笑科，云）程婴，这一桩事多亏了你。若不是你呵，如何杀的赵氏孤儿？（程婴云）元帅，小人原与赵氏无仇，一来

公孙此刻已经知道自己即将进入"生命的归期"，但是，他更多的是设身处地、感同身受地体味程婴的极度苦楚。人性之善，无过于此！

公孙的悲壮举动与韩厥前后辉映。

救晋国内众生，二来小人跟前也有个孩儿，未曾满月，若不搜的那赵氏孤儿出来，我这孩儿也无活的人也。（屠岸贾云）程婴，你是我心腹的人。不如只在我家中做个门客，抬举你那孩儿成人长大；在你跟前习文，送在我跟前演武。我也年近五旬，尚无子嗣，就将你的孩儿与我做个义儿。我偌大年纪了，后来我的官位，也等你的孩儿讨个应袭。你意下如何？（程婴云）多谢元帅抬举。（屠岸贾诗云）则为朝纲中独显赵盾，不由我心中生忿。如今削除了这点萌芽，方才是永无后衅[18]。（同下）

注释

[1]走死荒郊：此指赵盾。本剧楔子，屠岸贾自称"某放了神獒，赶着赵盾绕殿而走"，后赵盾被灵辄救出，落荒而逃。　[2]刎死钢刀：此指赵朔，用短刀自尽（见本剧楔子）。　[3]缢死裙腰：此指公主（赵朔之妻）自缢而亡（见本剧第一折）。　[4]厌你心苗：满足你心中的意欲。厌，满足。　[5]火不腾：忽然间满脸怒气的样子。　[6]按狮蛮拽札起锦征袍：形容屠岸贾瞬间用腰带将战袍扎起。狮蛮，是狮蛮带的简称，指腰带上饰有狮子、蛮王的图案，以示威严。　[7]龙泉：本是地名，在浙江（今属丽水市）。从春秋战国时期开始以出产"龙泉宝剑"闻名于世。此处是龙泉剑的省称，代指锋利的宝剑。沙鱼鞘：即鲨鱼鞘，代指坚韧结实的剑鞘。　[8]梅花酒：全曲的句格原是7句，第7句是6字句。本折在第7句之后增3句，都是6字句。　[9]那一个哭哭号号：此指被残忍杀害的婴儿（程婴之子）在气绝之前的哀号（下文公孙唱词有"见程婴心似热油浇，泪珠儿不敢对人抛。背地里搵了"

"我也年近五旬，尚无子嗣，就将你的孩儿与我做个义儿。"屠岸贾如此安排，一则相信"赵氏孤儿"已死，一则考虑自己的官位有人继承，相当自私。这一笔，为第四折做铺垫。

句，可知程婴当时不敢"哭哭号号"）。　[10] 这一个怨怨焦焦：此指怨气冲天、万分焦躁的屠岸贾。　[11] 直恁（nèn）般：就这般。恁般，这般。元杂剧常用语。　[12] 褥（rù）草：此指产妇生产时所用的垫子。　[13] 怎耽饶：怎能饶恕、宽容。下文有公孙杵臼的道白"屠岸贾那贼，你试觑者，上有天哩，怎肯饶过的你"，可以参看。　[14] 劬劳：此指父母养育的辛劳。　[15] 还说甚要防老：此句写出公孙将心比心的善良品格，他体贴着程婴的痛苦心情，也为程婴以后的生活深为担忧。　[16] 想着那：明刊本原作"休别了"，语意欠清晰，今据元刊本改。　[17] "畅道是光阴过去的疾"二句：合起来原属第 7 句，今分作两句。　[18] 永无后衅：意为以后永无纷争。

［点评］

第三折是《赵氏孤儿》剧情的高潮部分。

剧作者从"极度危难"四字入手。对于程婴、公孙杵臼而言，他们在"救孤"的问题上可以运作的空间极为有限，有限到只能用程婴亲子和公孙杵臼两条人命去"搏一搏"。而且，他们的对手屠岸贾实在太毒辣、太狡猾、太阴险，亏得程婴极端镇定，公孙极度老练，以及他们均具有超凡的意志力，否则，实现原有的计划几乎是不可能的。

尽管如此，其间还是出现"极度险情"，公孙在抵受不了连番毒打的情势之下几乎说漏了嘴："俺二人商议要救这小儿曹。"这话给了屠岸贾可乘之机，即刻盘问追查。幸而公孙凭借超人的毅力克服剧痛带来的身心巨变，一句"我怎生把你程婴道，似这般有上梢无下梢"，迅速安抚了急得跳脚的程婴，程婴明白了话中的暗示而定下神来；同时，屠岸贾一句"你头里说'两个'，你怎生这一会儿可说'无'了"，语义含糊，让公孙捉住了屠岸贾的一个空子，公孙马上回应道："只被你打的来不知一个颠倒。"反而将了对手一军：我的脑子被你打糊涂了！顿时化解了危难。而卒子此时上来报告："元帅爷贺喜，土洞中搜出个赵氏孤儿来了也。"剧情随即为之陡转。

陡转的剧情更为紧张，更为残酷，程婴不得不亲眼目睹爱子的惨死，不得不看见公孙的壮烈牺牲。至此，高潮逼来，令人血脉贲张，心潮难平。

不妨对照一下《史记·赵世家》的故事蓝本，可以看出杂剧作者做了多少成功的、感人肺腑的艺术虚构：

（孤儿）已脱，程婴谓公孙杵臼曰："今一索不得，后必且复索之，奈何？"公孙杵臼曰："立孤与死孰难？"程婴曰："死易，立孤难耳。"公孙杵臼曰："赵氏先君遇子厚，子强为其难者，吾为其易者，请先死。"乃二人谋取他人婴儿负之，衣以文葆，匿山中。程婴出，谬谓诸将军曰："婴不肖，不能立赵孤。谁能与我千金，吾告赵氏孤处。"诸将皆喜，许之，发师随程婴攻公孙杵臼。杵臼谬曰："小人哉程婴！昔下宫之难不能死，与我谋匿赵氏孤儿，今又卖我。纵不能立，而忍卖之乎！"抱儿呼曰："天乎天乎！赵氏孤儿何罪？请活之，独杀杵臼可也。"诸将不许，遂杀杵臼与孤儿。诸将以为赵氏孤儿良已死，皆喜。然赵氏真孤乃反在，程婴卒与俱匿山中。

　　这里所记，并无屠岸贾出"榜文"意欲杀全国婴儿一事，也无程婴、公孙跟屠岸贾虚与委蛇、斗智斗勇的情节；程婴"告发"公孙，也没有节外生枝的场景，一切如其计划进行，诸将（不是屠岸贾）并无任何刁难，面对程婴的"出告"，他们"照单全收"，因而过程较为简单。还有，被牺牲的小孩儿只是"他人婴儿"，其悲情力度就远远不如杂剧那么强烈了。而本折公孙杵臼唱道："见程婴心似热油浇，泪珠儿不敢对人抛。背地里搵了，没来由割舍的亲生骨肉吃三刀。"这样的剧情安排和具体描述也是《赵氏孤儿》作为一部大悲剧的有机组成部分，丰富了原有故事，增添了原不具备的精神维度。程婴、公孙杵臼无私无畏，满身正义，其崇高的人格精神是作品不可或缺的。

　　两相对比，可以感受到纪君祥的艺术造诣和思想深度。《赵氏孤儿》成为具有穿越时空力量的悲剧作品，良有以也。

第四折

孟批：此折曲白俱妙，是世间绝大文章，勿以小曲视之。

屠岸贾野心勃勃，写出古代社会权力圈里的奸佞人格，是一种典型化手法。

（屠岸贾领卒子上，云）某，屠岸贾。自从杀了赵氏孤儿，可早二十年光景也[1]。有程婴的孩儿，因为过继与我，唤做屠成。教的他十八般武艺，无有不拈，无有不会。这孩儿弓马倒强似我。就着我这孩儿的威力，早晚定计[2]，弑了灵公，夺了晋国，可将我的官位都与孩儿做了，方是平生愿足。适才孩儿往教场中演习弓马去了，等他来时，再做商议。（下）

（程婴拿手卷上[3]，诗云）日月催人老，光阴趱少年[4]；心中无限事，未敢尽明言。过日月好疾也。自到屠府中，今经二十年光景，抬举的我那孩儿二十岁，官名唤做程勃。我跟前习文，屠岸贾跟前演武；甚有机谋，熟娴弓马。那屠岸贾将我的孩儿十分见喜，他岂知就里的事。只是一件，连我这孩儿心下也还是懵懵懂懂的。老夫今年六十五岁，倘或有些好歹呵，着谁人说与孩儿知道，替他赵氏报仇？以此踌躇展转，昼夜无眠。我如今将从前屈死的忠臣良将，画成一个手卷。倘若孩儿问老夫呵，我一桩桩剖说前事，这孩儿必然与父母报仇也。我且在书房中闷坐着，只等孩儿到来，自有个理会。

手卷，是这一折的戏剧焦点。里面所画，暗藏着一部形象化的家族惨史。程婴以此为中介引导赵武开始接触赵氏家族的过去，为其认祖归宗做铺垫。从戏剧节奏而言，这是剧情发生"陡转"的转捩点。

［注释］

[1]二十年光景：此时间跨度是杂剧作者的设定。《史记·赵世家》的记载是时隔15年，即赵武15岁时，韩厥在晋景公（不是晋灵公）时期辅助赵武"复立"。　[2]"早晚定计"二句：历史上，晋灵公被赵穿杀死，史称"赵穿攻灵公于桃园"（《左传》宣公二年），时在晋灵公十四年。换言之，晋灵公在位仅有14年时间，上文称"自从杀了赵氏孤儿，可早二十年光景也"，下文赵武说"我则待扶明主晋灵公"，诸如此类，均可视为"小说家言"。　[3]手卷：类似于连环画。元代刊刻的话本小说如《三国志平话》等，其版式为上图下文，各幅图画相互关联。杂剧作者能够想象出"手卷"形式，当与此相关。　[4]趱（zǎn）：催促。光阴趱少年，与"日月催人老"是互文关系。

（正末扮程勃上，云）某，程勃是也。这壁厢爹爹是程婴，那壁厢爹爹可是屠岸贾。我白日演武，到晚习文。如今在教场中回来，见我这壁厢爹爹走一遭去也呵。（唱）

【中吕·粉蝶儿[1]】引着些本部下军卒，提起来

杀人心半星不惧[2]。每日家习演兵书。凭着我快
相持、能对垒，直使的诸邦降伏。俺父亲英勇谁
如，我拚着个尽心儿扶助。

【醉春风】我则待扶明主晋灵公，助贤臣屠岸贾。
凭着我能文善武万人敌，俺父亲将我来许、许。
可不道马壮人强，父慈子孝，怕甚么主忧臣辱。

（程婴云）我展开这手卷，好可怜也。单为这赵氏孤
儿，送了多少贤臣烈士！连我的孩儿，也在这里面
身死了也！（正末云）令人，接了马者。这壁厢爹
爹在那里？（卒子云）在书房中看书哩。（正末云）令
人，报复去。（卒子报科，云）有程勃来了也。（程婴云）
着他过来。（卒子云）着过去。（正末做见科，云）这壁
厢爹爹，您孩儿教场中回来了也。（程婴云）你吃饭
去。（正末云）我出的这门来。想俺这壁厢爹爹，每
日见我心中喜欢；今日见我来，心中可甚烦恼，垂
泪不止。不知主着何意？我过去问他。谁欺负着你
来？对您孩儿说，我不道的饶了他哩。（程婴云）我
便与你说呵，也与你父亲母亲做不的主。你只吃饭
去。（程婴做掩泪科）（正末云）兀的不傒倖杀我也[3]！
（唱）

【迎仙客】因甚的掩泪珠？（程婴做吁气科）（正末唱）
气长吁，我恰才叉定手向前来紧趋伏。（带云）则

俺见这壁厢爹爹呵，（唱）懒支支恶心烦[4]，勃腾腾生忿怒。（带云）是甚么人敢欺负你来？（唱）我这里低首踌躇。（带云）既然没的人欺负你呵，（唱）那里是话不投机处？

（程婴云）程勃，你在书房中看书，我往后堂中去去再来。（做遗手卷虚下）（正末云）哦，元来遗下一个手卷在此。可是甚的文书？待我展开看咱。（做看科，云）好是奇怪！那个穿红的拽着恶犬，扑着个穿紫的；又有个拿瓜锤的打死了那恶犬。这一个手扶着一辆车，又是没半边车轮的。这一个自家撞死槐树之下。可是甚么故事？又不写出个姓名，教我那里知道？（唱）

这一动作，承上启下。动作小，张力大。

【红绣鞋】画着的是青鸦鸦几株桑树，闹吵吵一簇田夫。这一个可磕擦紧扶定一轮车[5]，有一个将瓜锤亲手举[6]；有一个触槐树早身殂[7]，又一个恶犬儿只向着这穿紫的频去扑[8]。

赵武对画面的描述，形象生动。此写法受说唱文学影响。

（云）待我再看来。这一个将军前面摆着弓弦、药酒、短刀三件，却将短刀自刎死了。怎么这一个将军也引剑自刎而死？又有个医人手扶着药箱儿跪着，这一个妇人抱着个小孩儿，却像要交付医人的意思。呀！元来这妇人也将裙带自缢死了，

好可怜人也！（唱）

【石榴花】我只见这一个身着锦襜褕[9]，手引着弓弦药酒短刀诛。怎又有个将军自刎血模糊？这一个扶着药箱儿跪伏，这一个抱着小孩儿交付。可怜穿珠带玉良家妇，他将着裙带儿缢死何辜？好着我沉吟半晌无分诉，这画的是傒倖杀我也闷葫芦。

（云）我仔细看来，那穿红的也好狠哩，又将一个白须老儿打的好苦也。（唱）

【斗鹌鹑】我则见这穿红的匹夫，将着这白须的来殴辱。兀的不恼乱我的心肠，气填我这肺腑！（带云）这一家儿若与我关亲呵，（唱）我可也不杀了贼臣不是丈夫，我可便敢与他做主。这血泊中躺的不知是那个亲丁，这市曹中杀的也不知是谁家上祖？

（云）到底只是不明白，须待俺这壁厢爹爹出来，问明这桩事，可也免的疑惑。

[注释]
[1] 中吕：本折所用宫调为中吕宫，曲牌依次为【粉蝶儿】（全

曲 8 句）、【醉春风】（全曲 8 句）、【迎仙客】（全曲 7 句）、【红绣鞋】（全曲 6 句）、【石榴花】（全曲 9 句）、【斗鹌鹑】（全曲 8 句）、【普天乐】（全曲 11 句）、【上小楼】（全曲 7 句；此曲牌常常在套曲里要一连使用两次，分作前篇和幺篇，句数相同；但本折的前篇和幺篇均作 7 句）、【耍孩儿】（此曲牌原属般涉调，全曲 9 句，此处为借用）、【二煞】（全曲 8 句）、【一煞】（全曲 8 句）、【煞尾】（全曲 4 句）。　[2]半星不惧：一点儿也不怕。半星，意为“半点儿”。　[3]徯倖（xī xìng）：烦恼、苦恼。下文“这画的是徯倖杀我也闷葫芦”，此句的“徯倖”意为迷惑不解。在元杂剧中，“徯倖”一词有多义。　[4]憋（biē）支支：形容忍气吞声、烦闷痛苦。　[5]这一个可磕擦紧扶定一轮车：此指灵辄，下文描述了灵辄“一臂扶轮，一手策马；磨衣见皮，磨皮见肉，磨肉见筋，磨筋见骨，磨骨见髓，捧毂推轮，逃往野外”的壮烈之举。可磕擦，拟声词，形容物件相互摩擦发出的声响。此指灵辄扶轮时身体与物件发生严重摩擦，痛苦万状。　[6]有一个将瓜锤亲手举：此指殿前太尉提弥明。　[7]有一个触槐树早身殂：此指鉏麑。　[8]又一个恶犬儿只向着这穿紫的频去扑：此指屠岸贾豢养的恶犬向着赵盾猛扑过去。穿紫的，指赵盾。　[9]襜褕（chān yú）：古代的长单衣。

（程婴上，云）程勃，我久听多时了也。（正末云）这壁厢爹爹，可说与您孩儿知道。（程婴云）程勃，你要我说这桩故事，倒也和你关亲哩[1]。（正末云）你则明明白白的说与您孩儿咱。

（程婴云）程勃，你听者，这桩儿故事好长哩[2]。当初那穿红的和这穿紫的，元是一殿之臣，争奈两个文武不和，因此做下对头，已非一日。那穿红的想道，先下手为强，后下手为殃。暗地遣一刺客，唤做鉏麑，藏着短刀，越墙而过，要刺杀这穿紫的。谁想这穿紫的老宰辅[3]，每夜烧香，祷告天地，专一片报国之心，无半点于家之意。那人道："我若刺了这个老宰辅，我便是逆天行事，断然不可；若回去见那穿红的，少不的是死。罢、罢、罢。"（诗云）他手携利刃暗藏埋，因见忠良却悔来；方知公道明如日，此夜鉏麑自触槐。

程婴讲故事，占了此折较大篇幅，借鉴了宋元说书艺术。

（正末云）这个触槐而死的是鉏麑么？（程婴云）可知是哩。这个穿紫的，为春间劝农出到郊外，可在桑树下见一壮士，仰面张口而卧。穿紫的问其缘故。那壮士言："某乃是灵辄，因每顿吃一斗米的饭，大主人家养活不过，将我赶逐出来。欲待摘他桑椹子吃，又道我偷他的。因此仰面而卧，等那桑椹子掉在口中便吃；掉不在口中，宁可饿死，不受人耻辱。"穿紫的说："此烈士也。"遂将酒食赐与饿夫。饱餐了一顿，不辞而去。这穿紫的并无嗔怒之心。程勃，这见得老宰辅的德量处。（诗云）为乘春令劝耕初[4]，巡遍郊原日未晡；壶浆箪食因谁下，刚济桑间一饿夫。

（正末云）哦，这桑树下饿夫，唤做灵辄。（程婴云）程勃，你紧记者。又一日，西戎国贡进神獒，是一只狗，身高四尺者，其名为獒。晋灵公将神獒赐与那穿红的。那穿红的正要谋害这穿紫的，即于后园中扎一草人，与穿紫的一般打扮，将草人腹中悬一付羊心肺，将神獒饿了五七日，然后剖开草人腹中，饱餐一顿。如此演成百日，去向灵公说道："如今朝中岂无不忠不孝的人，怀着欺君之意。"灵公问道："其人安在？"那穿红的说："前者赐与臣的神獒，便能认的。"那穿红的牵上神獒去，这穿紫的正立于殿上。那神獒认着是草人，向前便扑；赶的这穿紫的绕殿而走。傍边恼了一人，乃是殿前太尉提弥明，举起金瓜，打倒神獒，用手揪住脑杓皮，则一劈劈为两半。（诗云）贼臣奸计有千条，逼的忠良没处逃；殿前自有英雄汉，早将毒手劈神獒。（正末云）这只恶犬，唤做神獒。打死这恶犬的，是提弥明。（程婴云）是。那老宰辅出的殿门，正待上车，岂知被那穿红的把他那驷马车四马摘了二马，双轮摘了一轮，不能前去。傍边转过壮士，一臂扶轮，一手策马；磨衣见皮，磨皮见肉，磨肉见筋，磨筋见骨，磨骨见髓，捧毂推轮，逃往野外。你道这个是何人？可就是桑间饿夫灵辄者是也。（诗云）紫衣逃难出宫门，驷马双轮摘一轮。却是：灵辄强扶归野外，报取桑间一饭恩。

（正末云）您孩儿记的，元来就是仰卧于桑树下的那个灵辄。（程婴云）是。（正末云）这壁厢爹爹，这个穿红的那厮好狠也，他叫甚么名氏？（程婴云）程勃，我忘了他姓名也。（正末云）这个穿紫的可是姓甚么？（程婴云）这个穿紫的，姓赵，是赵盾丞相。他和你也关亲哩。（正末云）您孩儿听的说有个赵盾丞相，倒也不曾挂意。（程婴云）程勃，我今番说与你呵，你则紧紧记者。（正末云）那手卷上还有哩，你可再说与您孩儿听咱。（程婴云）那个穿红的，把这赵盾家三百口满门良贱诛尽杀绝了。只有一子赵朔，是个驸马，那穿红的诈传灵公的命，将三般朝典赐他，却是弓弦、药酒、短刀，要他凭着取一件自尽。其时公主腹怀有孕，赵朔遗言："我若死后，你添的个小厮儿呵，可名赵氏孤儿，与俺三百口报仇。"谁想赵朔短刀刎死。那穿红的将公主囚禁府中，生下赵氏孤儿。那穿红的得知，早差下将军韩厥，把住府门，专防有人藏了孤儿出去。这公主有个门下心腹的人，唤做草泽医士程婴。（正末云）这壁厢爹爹，你敢就是他么？（程婴云）天下有多少同名同姓的人，他另是一个程婴。这公主将孤儿交付了那个程婴，就将裙带自缢而死。那程婴抱着这孤儿，来到府门上，撞见韩厥将军，搜出孤儿来；被程婴说了两句，谁想韩厥将军也拔剑自刎了。（诗云）那医人全无怕惧，将孤儿私藏出去；正撞见忠义将军，甘身死不教拿住。（正末云）这将军为赵氏孤儿自刎身亡了。是个好男子！我记着他唤做韩厥。（程婴云）是，是。是，正是韩厥。谁想那穿红的得知，将晋国内半岁之下、一月之上小孩儿每，都拘刷到他府来，每人剁做三剑，必然杀了赵氏孤儿。

（正末做怒科，云）那穿红的好狠也！（程婴云）可知他

程婴略施小计，并不当即"对号入座"，一则不想让赵武顿时感到突兀，一则稍做延宕，"戏味"更足。

狠哩。谁想这程婴也生的个孩儿，尚未满月，假装做赵氏孤儿，送到吕吕太平庄上公孙杵臼跟前。（正末云）那公孙杵臼却是何人？（程婴云）这个老宰辅，和赵盾是一殿之臣。程婴对他说道："老宰辅，你收着这赵氏孤儿，去报与穿红的，道程婴藏着孤儿，将俺父子一处身死。你抬举的孤儿成人长大，与他父母报仇，有何不可？"公孙杵臼说道："我如今年迈了也。程婴，你舍的你这孩儿，假装做赵氏孤儿，藏在老夫跟前；你报与穿红的去，我与你孩儿一处身亡。你藏着孤儿，日后与他父母报仇才是。"（正末云）他那个程婴肯舍他那孩儿么？（程婴云）他的性命也要舍哩，量他那孩儿打甚么不紧？他将自己的孩儿假装做了孤儿，送与公孙杵臼处。报与那穿红的得知，将公孙杵臼三推六问，吊拷绷扒，追出那假的赵氏孤儿来，剁做三剑。公孙杵臼自家撞阶而死。这桩事经今二十年光景了也。这赵氏孤儿见今长成二十岁，不能与父母报仇，说兀的做甚！（诗云）他一貌堂堂七尺躯，学成文武待何如。乘车祖父归何处，满门良贱尽遭诛。冷宫老母悬梁缢，法场亲父引刀殂。冤恨至今犹未报，枉做人间大丈夫。（正末云）你说了这一日，您孩儿如睡里梦里，只不省的。（程婴云）元来你还不知哩！如今那穿红的正是奸臣屠岸贾，赵盾是你公公，赵朔是你父亲，公主是你母亲。（诗云）我如今一一说到底，你划地不知头共尾。我是存孤弃子老程婴，兀的赵氏孤儿便是你！

赵武问"他那个程婴肯舍他那孩儿么"，顿时令人回想起惊心动魄的"救孤"情景，不得不对程婴的高尚人格肃然起敬，也为他所作出的牺牲痛心不已。

晴天霹雳！剧情发展至此，出现了全剧的逻辑高潮，同时，也是全剧的又一个情感高潮。这里是逻辑高潮与情感高潮的叠加。

[**注释**]

[1]关亲:特指有血缘、亲属关系。　[2]这桩儿故事:以下程婴所讲故事,基本上与屠岸贾在楔子里的叙述相对应。可参见楔子部分的注释。　[3]老宰辅:此处是对赵盾的尊称。　[4]"为乘春令劝耕初"以下四句:言赵盾为官,切实履行职责,下乡劝农,不误农时;在巡视农村的过程中,留心观察,及至下午,在桑树下发现仰面而卧的灵辄,及时了解其人情状,赐予酒食,救了这位"饿夫"一命,表现出恻隐之心和体贴之情。日未晡(bū),此指尚未天黑。晡,有"夜晚"一义,如杜甫《大历三年春白帝城放船……四十韵》:"绝岛容烟雾,环洲纳晓晡。"另有"晡食"一词,指晚饭,可证。又,晡,古代也指申时,即下午3—5点。

(正末云)元来赵氏孤儿正是我!兀的不气杀我也!
(正末做倒、程婴扶科,云)小主人苏醒者。(正末云)兀的不痛杀我也!　(唱)

【普天乐】听的你说从初,才使我知缘故。空长了我这二十年的岁月,生了我这七尺的身躯。元来自刎的是父亲,自缢的咱老母。说到凄凉伤心处,便是那铁石人也放声啼哭。我拚着生擒那个老匹夫,只要他偿还俺一朝的臣宰,更和那合宅的家属。

赵武悔恨交加。曲文写得入情入理。

(云)你不说呵,您孩儿怎生知道?爹爹请坐,受你孩儿几拜。(正末拜科)(程婴云)今日成就了你赵

家枝叶，送的俺一家儿剪草除根了也。（做哭科，正末唱）

【上小楼】若不是爹爹照觑，把您孩儿抬举，可不的二十年前早撄锋刃[1]，久丧沟渠。恨只恨屠岸贾，那匹夫寻根拔树，险送的俺一家儿灭门绝户。

【幺篇】他、他、他把俺一姓戮，我、我、我也还他九族屠。（程婴云）小主人，你休大惊小怪的，恐怕屠贼知道。（正末云）我和他一不做，二不休。（唱）那怕他牵着神獒，拥着家兵，使着权术；你只看这一个那一个都是为谁而卒？岂可我做儿的倒安然如故？

（云）爹爹放心。到明日我先见过了主公[2]，和那满朝的卿相，亲自杀那贼去。（唱）

【耍孩儿】到明朝若与仇人遇，我迎头儿把他当住，也不须别用军和卒。只将咱猿臂轻舒[3]，早提翻玉勒雕鞍辔，扯下金花皂盖车，死狗似拖将去。我只问他人心安在，天理何如？

【二煞】谁着你使英雄忒使过[4]，做冤仇能做毒，少不的一还一报无虚误。你当初屈勘公孙老[5]，今日犹存赵氏孤。再休想咱容恕，我将他轻轻掷下，慢慢开除[6]。

【一煞】摘了他斗来大印一颗，剥了他花来簇几套服。把麻绳背绑在将军柱，把铁钳拔出他斓斑舌，把锥子生挑他贼眼珠；把尖刀细剐他浑身肉，把钢锤敲残他骨髓，把铜铡切掉他头颅。

王批：满腔悲愤，写得曲尽人情。

【煞尾】尚兀自勃腾腾怒怎消，黑沉沉怨未复。也只为二十年的逆子妄认他人父，到今日三百口的冤魂方才家自有主。（下）

（程婴云）到明日，小主人必然擒拿这老贼。我须随后接应去来。（下）

程婴终于完成了自己一生之中最大、最艰难的使命。

［注释］

[1]"可不的二十年前早撄（yīng）锋刃"二句：意谓如果不是程婴 20 年前营救和抚养，自己早就死于刀剑之下，被遗弃于沟渠之中。撄，碰触，触及。　[2]到明日我先见过了主公：意为先请示"主公"，然后采取行动。元刊本没有宾白，不知这句话是否原来就有。明代官方对戏曲小说多有禁毁之举，且不许诋毁帝王。赵武的"到明日我先见过了主公"，以及"我则待扶明主晋灵公"，这些话语，显得不伦不类，疑为明人迫于当时的政治压力而添加。　[3]"只将咱猿臂轻舒"以下四句：言赵武表示，

待自己明了屠岸贾的滔天罪行之后，怒火填胸，要施展自己的高强武艺，擒拿屠岸贾，将他如死狗般处置。猿臂轻舒，此为赵武自言身手敏捷，可以轻易抓捕仇人。玉勒雕鞍辔，金花皂盖车，均指屠岸贾的马车极端豪华。　[4]"谁着你使英雄忒（tuī）使过"二句：意谓谁叫你屈杀英雄做得这么过分，对待异己下得了这样的毒手。忒、能，均为程度副词，表示过度。　[5]屈勘：此指胡乱勘问施刑、屈杀无辜。上文"我仔细看来，那穿红的也好狠哩，又将一个白须老儿打的好苦也"一段，即指屠岸贾"屈勘"公孙杵臼。　[6]开除：此处作"处置"解，"慢慢开除"含有慢慢处死的意思。

[**点评**]

元刊本到第四折就结束全剧了。

明刊本的第四折，估计主要是依据元刊本的第四折加以修订的，亦有明人改动的痕迹，如"我则待扶明主晋灵公"，就有可能不是元刊本原有的，折射出明代人在戏剧创作中经常在剧本末尾"颂圣"的习惯。

然而，幸亏看到了这明刊本的第四折，程婴长长的"说书"保留下来了，这大概不会是明代人所能够凭空添加的。尽管这段"说书"颇长，但它反映出元杂剧的演出形态，即作为"代言体"的戏曲问世之后，其表演还会时不时地吸纳其他艺术如说书、说唱等，作为自身的艺术表演的手段。对于赵武而言，程婴的"说书"显然不是简单的"复述故事"，而是具有戏剧内在的必要性。赵武是"孤儿"，从一出生就历经磨难，但是，在具体的戏剧情境里，他是在屠岸贾的眼皮底下成长的。程婴一

直没有找到适当时机向他痛说赵氏家族的苦难史，只是
到了他长大成人之际，程婴巧妙地以渐进启迪的方式将
赵氏家史和盘托出，赵武这才得知全部内情，从而燃起
心中的怒火，要为家族复仇。

　　这一折戏，完全出于剧作者的虚构，写得丝丝入扣，
在情在理，而剧情显得起伏跌宕，引人入胜。

第五折[1]

（外扮魏绛领张千上[2]，云）小官乃晋国上卿魏绛是也。方今悼公在位[3]。有屠岸贾专权[4]，将赵盾满门良贱尽皆杀绝。谁想赵朔门下有个程婴，掩藏了赵氏孤儿，今经二十年光景，改名程勃。今早奏知主公，要擒拿屠岸贾，雪父之仇。奉主公的命[5]，道屠岸贾兵权太重，诚恐一时激变，着程勃暗暗的自行捉获。仍将他阖门良贱，龆龀不留[6]。成功之后，另加封赏。小官不敢轻泄，须亲对程勃传命去来。（诗云）忠臣受屠戮，沉冤二十年。今朝取奸贼，方知冤报冤。（下）

魏绛在本剧中辅助赵武"复立"，是正面人物。

[注释]

[1]第五折：此乃明刊本才有（元刊本仅有四折一楔子，第四折末尾标明"赵氏孤儿终"），疑为明代人所增补。　[2]外：元杂剧角色名，是"外末"的简称，多演剧中次要男性角色。魏绛：

晋悼公时期的大臣，得到重用，尤其在改善晋国与北方少数民族关系上颇有建树。其事迹见《史记·魏世家》。但史书没有记载他与赵氏家族尤其是赵武的关系。本折写魏绛辅助赵武"复立"，其角色相当于历史上起过重要作用的韩厥（本剧写韩厥在"灭族"事件发生后为掩护孤儿出宫而自尽身亡）。张千：在元杂剧中，官员的随从一般例称"张千"。　[3] 悼公在位：历史上，晋悼公在位时间是公元前 572—前 558 年。而赵武"复立"，据《史记·赵世家》，是在晋景公十八年（前 582）；据《史记·晋世家》，则在晋景公十七年"诛赵同、赵括"事件之后。以上二说，大体一致，均说明赵武之"复立"不可能在晋悼公时期，这是剧本增补者所添加的"小说家言"。　[4] 有屠岸贾专权：此处是魏绛回顾"二十年前"往事。即便如此，出于魏绛之口，也还是有时间错乱的问题。　[5] 奉主公的命：此处特别强调"主公"的权威，大概与明代不许诋毁"帝王"的官府指令相关。　[6] 齠齔（tiáo chèn）：本指换牙期的儿童，此处泛指幼童。

（正末骲马仗剑上[1]，云）某程勃。今早奏知主公，擒拿屠岸贾，报父祖之仇。这老贼是好无礼也呵。（唱）

赵武满腔怒火，一上场就显得威风凛凛，势不可挡。

【正宫·端正好[2]】也不索列兵卒，排军将，动着些阔剑长枪。我今日报仇舍命诛奸党，总是他命尽也合身丧。

【滚绣球】只在这闹街坊，弄一场。我和他决无轻放，恰便似虎扑绵羊。我可也不索慌，不索忙[3]；早把手脚儿十分打当，看那厮怎做提防。

我将这二十年积下冤仇报，三百口亡来性命偿。

我便死也何妨。

（云）我只在这闹市中等候着。那老贼敢待来也。

（屠岸贾领卒子上，云）今日在元帅府回还私宅中去。

令人，摆开头踏，慢慢的行者。（正末云）兀的不是

那老贼来了也。（唱）

【倘秀才】你看那雄赳赳头踏数行[4]，闹攘攘跟

随的在两厢。你看他腆着胸脯装些儿势况。我这

里骤马如流水，掣剑似秋霜，向前来堵当[5]。

"摆开头踏，慢慢的行者"，屠岸贾全然不知死期已至。从剧情看，这是"闲笔"，但闲笔不闲。

（屠岸贾云）屠成，你来做甚么？（正末云）兀那老贼，

我不是屠成，则我是赵氏孤儿。二十年前，你将俺

三百口满门良贱诛尽杀绝。我今日擒拿你个老匹

夫，报俺家的冤仇也！（屠岸贾云）谁这般道来？（正

末云）是程婴道来。（屠岸贾云）这孩子手脚来的[6]，

不中！我只是走的干净。（正末云）你这贼，走那里

去？（唱）

屠岸贾不得不面对"迟来的正义"。

【笑和尚】我、我、我尽威风八面扬；你、你、

你怎挣闿怎拦挡[7]！早、早、早諕的他魂飘荡，

休、休、休再口强；是、是、是不商量；来、来、

来可匹塔的提离了鞍鞯上[8]。

（正末做拿住屠科）（程婴慌上，云）则怕小主人有失，我随后接应去。谢天地，小主人拿住屠岸贾了也。（正末云）令人，将这匹夫执缚定了，见主公去来。（同下）

[注释]

[1]骊（xǐ）马：指两匹马并驾，是权贵身份的象征。 [2]正宫：本折所用宫调是正宫，曲牌依次是【端正好】（全曲5句）、【滚绣球】（全曲11句）、【倘秀才】（全曲6句）、【笑和尚】（全曲6句）、【脱布衫】（全曲4句）、【小梁州】（此曲必定连用两次，分为前篇、幺篇，前篇5句，幺篇6句）、【黄钟尾】（此曲本属南吕宫，可入正宫，全曲9句，可增句，本折为15句）。 [3]不索慌，不索忙：即不须慌，不须忙。 [4]头踏：官员外出时车马之前的仪仗队。 [5]堵当：原作“赌当”，今改。按：“赌当”与“堵当”，写法不同，意思一样，意谓抵挡、阻拦。使用“堵当”，意思更易明白（参见顾学颉、王学奇《元曲释词》第一册，中国社会科学出版社1983年版，第514—515页）。 [6]这孩子手脚来的：此指屠岸贾一下子明白真相，原来当年已死的“赵氏孤儿”是被做了手脚由他人顶替的，而真正的赵氏孤儿就在眼前。 [7]挣閦（chuài）：挣扎、挣脱。 [8]可匹塔：形容快速、轻巧的样子，犹言“一下子”。与第四折赵武所唱“只将咱猿臂轻舒，早提翻玉勒雕鞍辔，扯下金花皂盖车”（【耍孩儿】）相呼应。至于“可匹塔”一词，疑由元代少数民族语词的音译而来，语源待考。

（魏绛同张千上，云）小官魏绛的便是。今有程勃擒拿屠岸贾去了。令人，门首觑者，若来时，报复某知道。（正末同程婴拿屠岸贾上）（正末云）父亲，俺和你同见主公去来[1]。（见科，云）老宰辅，可怜俺家三百口沉冤，今日拿住了屠岸贾也。（魏绛云）拿将过来。兀那屠岸贾，你这损害忠良的奸贼，今被程勃拿来，有何理说？（屠岸贾云）我成则为王，败则为虏。事已至此，惟求早死而已。（正末云）老宰辅与程勃做主咱。（魏绛云）屠岸贾，你今日要早死，我偏要你慢死。令人，与我将这贼钉上木驴[2]，细细的剐上三千刀，皮肉都尽，方才断首开膛。休着他死的早了。（正末唱）

王批：孤儿锄奸报仇，诚大快人心。这与大团圆结局不同，而是悲剧中的恶有恶报，以满足观众感情上的需要。

【脱布衫】将那厮钉木驴推上云阳，休便要断首开膛；直剁的他做一坬儿肉酱，也消不得俺满怀惆怅。

（程婴云）小主人，你今日报了冤仇，复了本姓，则可怜老汉一家儿皆无所靠也！（正末唱）

【小梁州】谁肯舍了亲儿把别姓藏，似你这恩德难忘！我待请个丹青妙手不寻常，传着你真容相，侍奉在俺家堂。

（程婴云）我有什么恩德在那里，劳小主人这等费心。

程婴与赵武的这番对话，令人百感交集。回首往事，历历在目，20年的辛酸痛楚，程婴全都藏在心里。

（正末唱）

【幺篇】你则那三年乳哺曾无旷，可不胜怀担十月时光。幸今朝出万死身无恙，便日夕里焚香供养，也报不的你养爷娘。

（魏绛云）程婴、程勃，你两个望阙跪者，听主公的命。（词云）则为屠岸贾损害忠良，百般的挠乱朝纲；将赵盾满门良贱，都一朝无罪遭殃。那其间颇多仗义，岂真谓天道微茫？幸孤儿能偿积怨，把奸臣身首分张。可复姓赐名赵武，袭父祖列爵卿行。韩厥后仍为上将。给程婴十顷田庄。老公孙立碑造墓，弥明辈概与褒扬。普国内从今更始，同瞻仰主德无疆[3]。（程婴、正末谢恩科）（正末唱）

【黄钟尾】谢君恩普国多沾降，把奸贼全家尽灭亡。赐孤儿改名望，袭父祖拜卿相。忠义士各褒奖，是军官还职掌。是穷民与收养，已死丧给封葬，现生存受爵赏。这恩临似天广。端为谁，敢虚让？誓捐生在战场，着邻邦并归向，落的个史册上标名留与后人讲。（并下[4]）

题目　公孙杵臼耻勘问
正名　赵氏孤儿大报仇[5]

[**注释**]

[1] 俺和你同见主公去来：按照本折的戏剧情境，"主公"是晋悼公。下文有"见科"的舞台指示，说明是拜见过"主公"。其后，魏绛高呼"你两个望阙跪者，听主公的命"，进一步说明这里对"主公"做了暗场处理。这就符合了当时帝王形象不能出现于舞台的禁令。   [2] 木驴：古代的一种木制刑具，其状如驴。将死刑犯绑缚在"木驴"上，施行剐刑（将身体割成块状的酷刑）。   [3] 主德无疆：这是剧末的"颂圣"语句，有其时代局限性。   [4] 并下：二字原无，今据元杂剧通例补。   [5] 题目正名：元杂剧通常用一联二句或两联四句来概括关键剧情，是为"题目正名"。这里是"一联二句"。而所谓"正名"一般也用作剧名。耻勘问：指公孙杵臼无辜遭到屠岸贾的胡乱勘问，此事于公孙而言是奇耻大辱。按：剧本以"公孙杵臼耻勘问"的情节要点作为"题目"，表明公孙杵臼在剧中的戏份很重（所演角色是"正末"），其重要性不亚于程婴。

[**点评**]

元刊本第四折末尾标明"赵氏孤儿终"字样，因而此明刊本的第五折很有可能是明代人增补。

"赵氏孤儿"故事，内涵丰富，情节复杂，人物较多，时间跨度很大，而元杂剧的四折一楔子的通例对于这个故事而言是难以完全容纳得了的。元刊本第四折，从现有文字看，匆匆处决屠岸贾，显得戏未写足，收尾过于仓促，故而增补第五折有其必要。

本折写屠岸贾上场的"威风气派"，正好与他的可耻下场形成鲜明对照。他是那样的嚣张跋扈，"你看那雄赳赳头踏数行，闹攘攘跟随的在两厢。你看他腆着胸脯装些儿势况"。然而，他根本想不到，精心培养了 20 年的"屠成"就是自己的"掘墓人"，在怒火中烧、年轻气盛、复仇心切的"屠成"即赵武面前，当年不可一世的屠岸贾不得不自言"事已至此，惟求早死而已"。屠岸贾之死，彰显着"迟来的正义"，令人坚信不管多么曲折，正义必定战胜邪恶。第五折所呈现的正是民间的信念。

程婴，据《史记·赵世家》记载，他在完成自己的使命之后，执意"自杀"，称此举是为了下到地府去向赵盾和公孙杵臼报告消息。本剧没有采用这个情节，以好人得好报的朴素观念写程婴领受了主公颁赐的"十顷田庄"。老百姓不愿意看到已经做出重大牺牲的程婴以"自杀"收场，本剧的结局符合底层民众的集体心态。

当然，"阖门良贱，龀龅不留"，属于"前现代"的残暴；还有剧末的"颂圣"语句，显得生硬，均有其时代局限性。

附录一 赵氏孤儿（元刊本）

编者按：北京图书馆出版社（今国家图书馆出版社）于 1998 年影印出版《日本藏元刊本古今杂剧三十种》，内收《赵氏孤儿》（元刊本首页剧名仅此四字），全剧四折一楔子，有唱词而删去宾白，末页最后一行顶格刻有大字"赵氏孤儿终"字样。可知该剧在此元刊本框架内原无第五折。

剧本第四折，赵武唱道："也不用本部下兵卒，天子有百灵咸助，待交我父亲道寡称孤。要江山，夺社稷，似怀中取物。"且多次表述："俺待反故主晋灵公，助新君屠岸古（贾）。交平天冠、碧玉带、衮龙服，别换个主、主"；"屠岸古（贾），你为帝王，咱为宰辅。"说明元刊本中的屠岸贾本有"不臣"之心，要"道寡称孤"，并非只是存心灭掉赵氏家族那么简单；明刊本第四折，屠岸贾也说过"早晚定计，弑了灵公，夺了晋国"，此与元刊本相同。然而，明刊本第四折赵武的唱词有"我则待扶明主晋灵公，助贤臣屠岸贾"句，却是口吻有变。

此外，赵武称"想俺横亡爷囚死的生身母"，其母"囚死"，此说法与明刊本第一折写公主"做拿裙带缢死科"颇有区别。

屠岸贾，元刊本一例作"屠岸古"；程婴，一例作"陈英"。此处均不予改动。

兹以元刊本为据移录，并借鉴、吸收前人的校订成果。前人的校订成果，主要参考郑骞《校订元刊杂剧三十种》（世界书局 1962 年初版），以及王季思主编《全元戏曲》第三卷《赵氏孤儿》杂剧所附《新刊关目冤报冤赵氏孤儿》（人民文学出版社 1999 年版）。

元刊本在刊刻时不分折，各折连在一起。移录时为之分折。楔子的主唱者为赵朔；第一折的主唱者为韩厥；第二、三折的主唱者是公孙杵臼；第四折的主唱者是赵武。

剧中括号内的文字原无，为编者依照元杂剧常例或前人校订成果而添加。

附录一 赵氏孤儿（元刊本）

楔 子

【（仙吕）赏花时】（赵朔唱）晋灵公江山合是休，屠岸古（贾）贼臣权在手。挟天子令诸侯，把俺云阳中斩首，兀的是出气力下场头！

【幺（篇）】落不的身埋土一丘，分付了腮边两泪流，将别话不遗留，怕孩儿成人长后，交与俺子父母报冤仇！（下）

第一折

【(仙吕)点绛唇】(正末韩厥唱)拒敌西秦,立成东晋,才安稳。被屠岸古(贾)贼臣,将金阶下公卿损。

【混江龙】晋灵公偏顺,朝廷重用这般人。忠正的市曹中斩首,谗佞的省府内安身。为王有功的当重刑,于民无益的受君恩。纵得交欺凌天子,恐吓诸侯,但违它(他)的都诛尽。诛尽些朝中宰相,阃外将军。

【油葫芦】见如今天下荒荒起战尘,各将边界分。信谗言播弄了晋乾坤。目今世乱英雄困,看何时法正天心顺,那汉虐上苍,损下民。试将碧悠悠阳福高天问，腆着个青脸子不饶人。

【天下乐】子怕你远在儿孙近在身。待把江山它（他）并吞，为赵盾不从厮记恨。它（他）兴心使歹心，道贤臣是反臣，朦龙（胧）向君王行胡奏准。

【那吒令】想赵盾济民，曾分饭待宾；谗（惭）锄（鉏）麑为人，曾触槐舍身；救灵辄受窘，曾扶轮报恩。治百姓有功劳，扶一人无私循（徇）。落不得尸首胡伦。

【雀踏枝】枉了扫烟坌（尘），立功勋，不能勾（够）高卧麒麟，古墓荒坟。断胫分尸了父亲，划地狠毒心所算儿孙。

【寄生草】那孩儿难逃遁，屠岸古（贾）有议论。谗臣便有谗臣弄，仇人自有仇人恨，儿孙自有儿孙分。朝朝挟恨几时休，冤冤相报何时尽？

【后庭花】说你是赵附（驸）马堂上宾，我是屠岸古（贾）门下人。道你藏着一岁麒麟子，也飞不出九重龙凤门。我若不关心，不将伊盘问，有恩的合报恩。

【金盏儿】子见它（他）腮脸上泪成痕，口角内乳食喷，子转的一双小眼将人认。紧帮帮匣子内束着腰身，窄狭狭难回转，低矮矮怎舒伸。正是成人不自在，自在不成人。

【醉中天】我若献利便图名分，便是安自己损它（他）人。三百口家属斩灭门，枝叶都诛尽。若见这小厮，决定粉骨碎身，不留髯龇，你白甚替别人剪草除根？

【（赚煞）尾】我待自身上受凌持（迟），怎肯那厮行哐（捱）推问？能可二（三）尺龙泉下自刎。眼见的画影图形寻觅紧，向深山旷野潜身。这孩儿近初旬，便交它（他）演武修文。若学得文武双全那时分，将有仇的记恨，把有恩人寻趁。若杀了有仇人，休忘了有恩人！（下）

第二折

【（南吕）一枝花】（正末公孙杵臼唱）屈沉杀大丈夫，损坏了真梁栋。好臣强也屠岸古（贾），好君弱了晋灵公。把谗佞来听从，贼子掌军权重，功臣难尽忠。怎不交我忿气填胸，乞紧君王在小儿勾（彀）中。

【梁州（第七）】自从乞（他）朝野里封侯拜相，誷得我深村里罢职归农，便有安民治国的难随众。它（他）官极一品，位至三公，户封八县，禄受千钟。见不平事有眼如盲，听居民骂有耳如聋。如今挟天子的进禄如（加）官，害百姓的随朝请俸，令诸侯的受赏请功。且向困中、受穷，问甚死将不葬麒麟冢，非是我乐耕种，跳出伤身饿虎丛，且养疏慵。

【隔尾】俺道谗臣自古朝中用，须是好本从来天下同。越交万人骂、千人嫌、一人重，更不廉不公，不孝不忠。如今普天下居民个个哝。

【贺新郎】谁敢着一封书奏帝王宫？顺着屠岸古（贾）东见东流，般（搬）的晋灵公百随百从；諕的两班文武常惊恐，向班部里都妆懵董（懂）。紧潜身秉笏当胸，似脿（鳔）胶粘住口角，似鱼刺嘎了喉咙。低着头似哑子寻梦。也是世间多少事，尽在不言中。

【牧羊关】（这孩儿）未生时绝了亲戚，怀着时灭了祖宗，养到大子是少吉多凶。他爷斩首在云阳，他娘囚死在冷宫。也不是有血性的白衣相，子是个无恩念黑头虫。你道是报父母真男子，我道子是个妨爷娘小业种。

【红芍药】你二十年可报主人公，恁时节正好峥嵘。我迟疾死后一场空，精神比往日难同。闪下这小孩儿怎建功？你急切老不动你仪容，我怕不大（待）盛（剩）活一日显威风，难教（熬）它

（他）暮鼓晨钟。

【（菩萨）梁州】向傀儡棚中鼓笛儿般（搬）弄。韶华又断送，断送的老尽英雄。有仇不报在（枉）相逢，见义不为非为勇，言而无信成何用！你不索把我陪奉，大丈夫何愁一命终，况兼我白发蓬松！

【骂玉郎】咱两个谁先为首谁为从，少不得都斩首在市曹中。你为赵家恩念着疼痛，我为弟兄，厮敬重，似亲昆仲。

【感皇恩】怕甚三尺霜锋，折末九鼎镬中。快刀诛，毒药吃，滚油烹；叹英魂杳杳，对惨雾濛濛。散愁云，随落日，趁悲风。

【楚江云（秋）】这老村翁，和小孩童，都一般潇洒月明中。怨气冲冲恨无穷，十年往事一场空。

【二煞】那个麒麟阁上功臣种，我不信大虫门前有犬脚踪，成人长大立纲宗。把屠岸古（贾）万剐犹轻，报不了三百口家属苦痛。也不索做斋供，把腔子里血拗将来泼在半空，祭你那父亲和公公。

【（煞）尾】凭着赵家枝叶千年勇（永），扶立晋室山河百二雄。恁的显八面威风统军众，摆两行朱衣列车从。却想扶轮的灵辄志威猛，触槐的锄（鉏）麑命断送；把门的宫官不善终，杀身的公孙老无用。新生的孩儿受剑锋，弃子陈英（程婴）心不动。青史标名枉落空，那的是当来厮知重。不要它（他）立碑碣乱墓丛中，子为俺虚葬北邙山下冢。（下）

第三折

【（双调）新水令】（正末公孙杵臼唱）我子见践征垒（尘）飞过小溪桥，多管是令诸侯反臣来到。齐臻臻摆着士卒，明晃晃列着枪刀。眼见的死在今朝，更避甚痛凌虐。

【驻马听】俺虽是将老兵骄，共赵盾曾为刎颈交。道了个臣强君弱，想公孙舌是斩身刀。大丈夫英勇结英豪，圣人言有道伐无道。把全家儿绝嗣了，天呵，严霜偏杀无根草。

【沉醉东风】休想大丈夫魂飞九霄，由它（他）屠岸古（贾）棒有千条。我疾招呵快察详，迟招呵难疑觉，我能可哩（捱）一下有一下功劳。欲要不拔树寻根觅下落，我子索盛吃些绑扒吊拷。

【雁儿落】般（搬）公孙你泛调，顺贼子把咱陈告。諕的我立不住笃速速膝盖摇，把不定可丕丕心头跳。

【水仙子】俺二人商议我先招，来到舌尖却咽了。我死呵休想把你个陈英（程婴）道，我怎肯有上梢无下梢，（带云）休道打！（唱）折末便支起九鼎油镬，老的来没颠倒，便死也死得着，一任你乱下风雹。

【川拨棹】你当日养神傲（獒），把忠臣良将咬，你待篡夺皇朝，所算臣僚。它（他）把三百口全家老小，满门都斩在市曹，把九族都灭了；将这小孩儿寻觅着，不邓邓生怒恶。

【七弟兄】是它（他）变却、相貌、怎生饶，五蕴山当下通红了。狮蛮带上提起锦征袍，把龙泉刀扯离沙鱼鞘。

【梅花酒】呀！可早卧血泊，诉生长劬劳。它（他）天数难逃，你子嗣难消。陈英（程婴）你可甚养子防备老？不信你不烦恼。这孩儿离蓐草，和今日却十朝，磣可可剁三刀！

【收江南】早难道家富小儿娇。见它（他）傍边相（厢）心痒难揉，双眸中不敢把泪珠抛，背背地揾了。满腹内有似热油浇。

【尾（鸳鸯煞）】我六旬死后偏何老，这孩儿一岁死后偏何小！我两个一处身亡，须落得个万代名标。唱道，我祝付（嘱咐）你个陈英（程婴），想着那横亡的赵朔，把孩儿抬举的成人，将杀父母冤仇报。把这厮烂剁千刀，我不要轻轻素放了！（下）

第四折

【（中吕）粉蝶儿】（正末赵武唱）也不用本部下兵卒，天子有百灵咸助，待交我父亲道寡称孤。要江山，夺社稷，似怀中取物。乞（吃）紧六金上銮舆，歇胆似把咱怯惧。

【醉春风】俺待反故主晋灵公，助新君屠岸古（贾）。交平天冠、碧玉带、衮龙服，别换个主、主。问甚君圣臣贤，既然父慈子孝，管甚主忧臣辱。

【迎仙客】因甚淹（掩）泪痕，气长吁？我却才义（叉）定手向前紧取覆。懒支支恶心烦，恶歆歆生忿怒。低首踌躇，那的是话不投机处。

【红秀（绣）鞋】画着青鸦鸦几株桑树，闹炒炒（吵吵）一簇村夫。这一人血漉漉臂扶着一轮车，这一个槐树下死，这一个剑锋诛。这个老丈丈将个小孩儿分付与。

【石榴花】这一人恶歆歆手内搭锟铻，这一人膝跪在阶隅。这个小孩儿剑锋下一身卒。杀下个妇女，血泊里倘（躺）着身躯。这个老丈丈为甚遭诛戮，这个穿红袍的大故心毒。想绝故事无猜处，画着个奚幸（傒倖）我的闷葫芦。

【斗鹌鹑】这杀场上是那个孩儿，这车车里是谁家上祖？这个更藉不得儿孙，这个更救不得父母。这年（手）卷是谁家宗祖图，从头儿对你儿数。这人是犯法违条，这人是衔冤负屈？

【普天乐】我大（待）问从初，拔刀相助。交我愁萦心腹，气夯胸脯。元来这坏了的是俺父亲，咱家宗祖。说到凄凉伤心处，便是铁头人也放声啼哭。屠岸古（贾），你为帝王，咱为宰辅，天意如何？

【上小楼】若不是爹爹觑付，将孩儿抬举，二十年前，断胫分尸，死在郊墟。屠岸古（贾）那匹夫，寻根拔树，斩了我全家儿灭门绝户。

【幺（篇）】既那厮背着一人，便合交灭了九族。划地将天下军储，满国黎庶，交那厮区处。元来你做主，你佑护，交它（他）将诸侯欺负。元来你交他弑君杀父。

（【十二月】）想着衔冤父母，拿住那奸佞贼徒。着那厮骑着木驴，剐那厮身躯。烂剁了他娇儿幼女，不落下一口儿亲属。（此曲曲文原并入【尧民歌】，今据郑骞校订本析出）

【尧民歌】今日人还害你你如何？子你是赵氏孤儿护身符。着那厮满门良贱尽遭诛，你看我三尺龙泉血模糊。须臾，须臾，前生厮少负，今日填还去。

【耍孩儿】到明朝若把仇人遇，将反贼长街上当（挡）住。扯龙泉在手拽了衣服，称（撑）动马熊腰将猿臂轻舒，班（扳）番（翻）玉勒金鞍马，摔下金花皂盖车。无轻恕，猛虎怵忤（犹豫），不如蜂虿之毒。

【三煞】不将仇恨雪，难将冤恨除。想俺横亡爷囚死的生身母，我若不报泉下双亲恨，羞见桑间二饿夫！休疑虑，索甚辨别好弱，审察实虚。

【二（煞）】把那厮剜了眼睛、豁开肚皮，摘了心肝、卸了手足。乞支支抛折那厮腰截骨。常言恨消（小）非君子，无毒不丈夫。难遮护，我不怕前后侍从，左右军卒。

【（煞）尾】欲报俺横亡的父母恩，托赖着圣明皇帝福。若是御林军首（肯）把赵氏孤儿护，我与亢金上君王做的主！（下）

　　　　　正名　韩厥救舍命烈士
　　　　　　　　陈英说妒贤送子
　　　　　　　　义逢义公孙杵臼
　　　　　　　　冤报冤赵氏孤儿

　　　　　　　　《赵氏孤儿》终

附录二　相关历史文献摘录

《左传》摘录

　　编者按：《左传》记载了与晋国赵氏家族相关的事件，主要有晋灵公多次意图暗杀赵盾，赵穿杀晋灵公，赵庄姬私通赵婴齐，赵同、赵括放逐赵婴齐于齐国，赵庄姬诬陷赵同、赵括谋反，晋侯联合栾氏、郤氏攻灭赵同、赵括，赵朔之子赵武随赵庄姬藏身于晋景公的内宫，以及一些人物如鉏麑、提弥明、灵辄的故事。

　　鲁宣公二年，即晋灵公十四年；鲁成公四年，即晋景公十三年；鲁成公五年，即晋景公十四年；鲁成公八年，即晋景公十七年。《左传》记载的赵氏家族事件及其发生的时间，基本上为《史记·晋世家》所采纳。

韩厥于晋厉公七年即鲁成公十七年忆述自己在"孟姬之谗"事件中的态度和立场，原来，他维护赵氏家族的利益是因为"昔吾畜于赵氏"，赵氏有恩于他。他辅助赵武复立，是颇有缘由的。

《左传》宣公二年（经文：秋九月乙丑，晋赵盾弑其君夷皋）：

晋灵公不君：厚敛以雕墙；从台上弹人，而观其辟丸也。宰夫胹熊蹯不孰，杀之，置诸畚，使妇人载以过朝。……宣子骤谏，公患之，使鉏麑贼之。晨往，寝门辟矣。盛服将朝。尚早，坐而假寐。麑退，叹而言曰："不忘恭敬，民之主也。贼民之主，不忠；弃君之命，不信。有一于此，不如死也。"触槐而死。

秋九月，晋侯饮赵盾酒，伏甲，将攻之。其右提弥明知之，趋登，曰："臣侍君宴，过三爵，非礼也。"遂扶以下。公嗾夫獒焉，明搏而杀之。盾曰："弃人用犬，虽猛何为！"斗且出。提弥明死之。

初，宣子田于首山，舍于翳桑，见灵辄饿，问其病。曰："不食三日矣。"食之，舍其半。问之。曰："宦三年矣，未知母之存否，今近焉，请以遗之。"使尽之，而为之箪食与肉，置诸橐以与之。既而与为公介，倒戟以御公徒而免之。问何故。对曰："翳桑之饿人也。"问其名居，不告而退，遂自亡也。

乙丑，赵穿攻灵公于桃园。宣子未出山而复。大史书曰："赵盾弑其君。"以示于朝。宣子曰："不然。"对曰："子为正卿，亡不越竟，反不讨贼，非子而谁？"宣子曰："乌乎！

'我之怀矣，自贻伊戚。'其我之谓矣。"孔子曰："董狐，古
之良史也，书法不隐。赵宣子，古之良大夫也，为法受恶。
惜也，越竟乃免。"

宣子使赵穿逆公子黑臀于周而立之。壬申，朝于武宫。

初，丽姬之乱，诅无畜群公子，自是晋无公族。及成
公即位，乃宦卿之适子而为之田，以为公族。

《左传》成公四年：

晋赵婴通于赵庄姬。（杨伯峻注：赵婴即赵婴齐。赵庄
姬，赵朔之妻，赵朔谥"庄"，故亦称"庄姬"。赵朔为赵
盾之子，宣十二年将下军，此时当已死。赵婴与赵庄姬是
夫叔与侄媳通奸。《赵世家》云"赵朔妻成公姊"，则赵庄
姬为晋文公女。）

《左传》成公五年：

五年春，原、屏放诸齐。（杨伯峻注：此句紧接上年传
"晋赵婴通于赵庄姬"，谓赵同、赵括逐放赵婴齐于齐国。）
婴曰："我在，故栾氏不作。我亡，吾二昆其忧哉。且人各
有能、有不能，舍我，何害？"弗听。

《左传》成公八年（经文：晋杀其大夫赵同、赵括）：

晋赵庄姬为赵婴之亡故，谮之于晋侯，曰："原、屏将
为乱。"栾、郤为征。六月，晋讨赵同、赵括。（赵）武从
姬氏畜于公宫。以其田与祁奚。韩厥言于晋侯曰："成季之
勋，宣孟之忠，而无后，为善者其惧矣。三代之令王皆数
百年保天之禄。夫岂无辟王？赖前哲以免也。《周书》曰'不

敢侮鳏寡'，所以明德也。"乃立武，而反其田焉。

《左传》成公十七年：

韩厥辞，曰："昔吾畜于赵氏，孟姬之谗，吾能违兵。"（杨伯峻注：孟姬谗杀赵同、赵括事见八年传。当时晋侯、栾氏、郤氏皆攻灭赵氏，韩厥云独我不肯以兵攻赵氏。）

（杨伯峻编著《春秋左传注》，《中华国学文库》本，中华书局 2020 年版，上册第 560—567 页、下册第 702—775 页）

《国语·晋语》摘录

编者按：《国语》是先秦典籍，所记载的主要是春秋时期诸国史事，是一部"国别史"。全书共 21 卷，仅《晋语》部分就占了 9 卷的篇幅，可知编纂者对晋国历史尤其关注，且熟悉该国的人物和事件。

其《晋语》部分记录了一些与赵氏家族相关的史料，涉及的人物主要有赵衰、赵盾（宣子）、赵武（文子）等，大体与《左传》所记相合，而没有一字提及"赵氏孤儿"故事。

其中，《晋语六》记赵武到了弱冠之年，韩厥（献子）仍然在世；可见杂剧《赵氏孤儿》第一折写韩厥自尽，完全是虚构而没有史实根据。事实上，成年后的赵武，其行为时有不合礼数者，也得到韩厥等长辈的及时劝诫。

此外，《晋语五》记载了韩厥得到赵盾提拔和赏识的故事，可见韩、赵二氏有颇深的渊源关系。

《国语·晋语四》

文公问元帅于赵衰，对曰："郤縠可，行年五十矣，守学弥惇。夫先王之法志，德义之府也。夫德义，生民之本也。能惇笃者，不忘百姓也。请使郤縠。"

公从之。

公使赵衰为卿，辞曰："栾枝贞慎，先轸有谋，胥臣多闻，皆可以为辅，臣弗如也。"乃使栾枝将下军，先轸佐之。取五鹿，先轸之谋也。

郤縠卒，使先轸代之。胥臣佐下军。公使原季为卿，辞曰："夫三德者，偃之出也。以德纪民，其章大矣，不可废也。"使狐偃为卿，辞曰："毛之智贤于臣，其齿又长。毛也不在位，不敢闻命。"乃使狐毛将上军，狐偃佐之。狐毛卒，使赵衰代之，辞曰："城濮之役，先且居之佐军也善，军伐有赏，善君有赏，能其官有赏。且居有三赏，不可废也。且臣之伦，箕郑、胥婴、先都在。"乃使先且居将上军。

公曰："赵衰三让，其所让，皆社稷之卫也。废让，是废德也。"以赵衰之故，搜于清原，作五军。使赵衰将新上军，箕郑佐之；胥婴将新下军，先都佐之。

子犯卒，蒲城伯请佐，公曰："夫赵衰三让不失义。让，推贤也。义，广德也。德广贤至，又何患矣。请令衰也从子。"乃使赵衰佐上军。

（徐元诰撰，王树民、沈长云点校《国语集解（修订本）》，中华书局 2015 年版，第 357—359 页。下文各条，仅注页码）

《国语·晋语五》

赵宣子言韩献子于灵公以为司马。河曲之役，赵孟使人以其乘车干行，献子执而戮之。众咸曰："韩厥必不没矣。其主朝升之，而暮戮其车，其谁安之！"

宣子召而礼之，曰："吾闻事君者，比而不党。夫周以举义，比也；举以其私，党也。夫军事无犯，犯而不隐，义也。吾言女于君，惧女不能也。举而不能，党孰大焉！事君而党，吾何以从政？吾故以是观女。女勉之。苟从是行也，临长晋国者，非女其谁？"皆告诸大夫曰："二三子可以贺我矣！吾举厥也而中，吾乃今知免于罪矣。"（第378页）

宋人弑昭公，赵宣子请师于灵公以伐宋，公曰："非晋国之急也。"对曰："大者天地，其次君臣，所以为明训也。今宋人弑其君，是反天地而逆民则也，天必诛焉。晋为盟主，而不循天罚，将惧及焉。"公许之。

乃发令于大庙，召军吏而戒乐正，令三军之钟鼓必备。赵同曰："国有大役，不镇抚民而备钟鼓，何也？"宣子曰："大罪伐之，小罪惮之。袭侵之事，陵也。是故伐备钟鼓，声其罪也；战以锌于、丁宁，儆其民也。袭侵密声，为暂事也。今宋人弑其君，罪莫大焉！明声之，犹恐其不闻也。吾备钟鼓，为君故也。"乃使旁告于诸侯，治兵振旅，鸣钟鼓，以至于宋。（第379—380页）

灵公虐，赵宣子骤谏，公患之，使鉏麑贼之。晨往，则寝门辟矣，盛服将朝，早而假寐。麑退，叹而言曰："赵孟敬哉！夫不忘恭敬，社稷之镇也。贼国之镇，不忠；受命而废之，不信。享一名于此，不如死。"触庭之槐而死。

灵公将杀赵盾，不克。

赵穿，攻公于桃园，逆公子黑臀而立之，实为成公。（第380—381页）

《国语·晋语六》

赵文子冠，见栾武子，武子曰："美哉！昔吾逮事庄主，华则荣矣，实之不知，请务实乎。"……见韩献子，献子曰："戒之！此谓成人。成人在始，始与善，善进善，不善蔑由至矣。始与不善，不善进不善，善亦蔑由至矣。如草木之产也，各以其物。人之有冠，犹宫室之有墙屋也，粪除而已，又何加焉。"见智武子，武子曰："吾子勉之，成、宣之后，而老为大夫，非耻乎！成子之文，宣子之忠，其可忘乎！夫成子导前志以佐先君，导法而卒以政，可不谓文乎！夫宣子尽谏于襄、灵，以谏取恶，不惮死进，可不谓忠乎！吾子勉之，有宣子之忠，而纳之以成子之文，事君必济。"

（第387—389页）

《吕氏春秋》摘录

　　编者按：《史记·吕不韦传》记载："吕不韦以秦之强，羞不如，亦招致士，厚遇之，至食客三千人。……吕不韦乃使其客人人著所闻，集论以为八览、六论、十二纪，二十余万言，以为备天地万物古今之事，号曰《吕氏春秋》。"而《吕氏春秋》里就有一个"赵盾（宣孟）遇饿人"的故事。杂剧《赵氏孤儿》楔子，屠岸贾忆述自己当日放出神獒追咬赵盾，赵盾逃出殿门，正欲乘车，而此车缺了一轮，无法转动，急迫之间，"傍边转过一个壮士，一臂扶轮，一手策马，逢山开路，救出赵盾去了。你道其人是谁？就是那桑树下饿夫灵辄"。此故事情节与《吕氏春秋》所记有异同，可参看文中高诱的注释。

　　《吕氏春秋·慎大览·报更》：
　　昔赵宣孟将上之绛，见骫桑之下有饿人卧不能起者（高诱注：骫，古"委"字；《左传》作"翳桑"）。宣孟止车，为之下食，蠲而铺之；再咽而后能视。宣孟问之曰："女何为而饿若是？"对曰："臣宦于绛，归而粮绝，羞行乞而憎自取，故至于此。"宣孟与脯一朐，拜受而弗敢食也。问其故，对曰："臣有老母，将以遗之。"宣孟曰："斯食之，吾更与女。"乃复赐之脯二束，与钱百，而遂去之。处二年，晋灵公欲杀宣孟，伏士于房中以待之；因发酒于宣孟，宣孟知之，中饮而出。灵公令房中之士疾追而杀之，一人追疾，先及宣孟之面，曰："嘻，君舆！吾请为君反死（高诱注：舆，车也。教宣孟使就车也）。"宣孟曰："而名为谁？"反走对曰："何以名为！臣，骫桑下之饿人也。"还斗而死（高诱注：桑下饿人是灵辄，斗死者是提弥明。此误，合二人为一。《史记·晋世家》亦同此误）。宣孟遂活。

此《书》之所谓"德几无小"者也。宣孟德一士，犹活其身，而况德万人乎？故《诗》曰："赳赳武夫，公侯干城"（高诱注：此《周南》之《兔罝》之首章也）；"济济多士，文王以宁"（高诱注：此《大雅·文王》之三章也）。人主胡可以不务哀士？士其难知，唯博之为可，博则无所遁矣。

［（汉）高诱注《吕氏春秋·慎大览·报更》，《诸子集成》本，上海书店1990年版，第6册第168—169页］

《史记·晋世家》摘录

　　编者按：《史记·晋世家》对春秋时期晋国赵氏家族的叙述多与《左传》《国语·晋语》的记载相合，是考察"赵氏孤儿"故事的真实性的重要参考资料。

　　《史记·晋世家》记赵衰是重耳（晋文公）的亲随，跟从重耳逃亡19年，为重耳的返国、即位以及晋文公时期的国政立下巨大功勋。赵衰之子赵盾在赵衰去世后执掌国政，他与晋灵公有严重冲突，晋灵公多次意欲暗杀赵盾。在此严峻的情势之下，赵盾族人赵穿杀死晋灵公。接着，晋成公继位，在位7年去世，由其子继位，是为晋景公。

　　最为值得关注的是如下记载："（晋景公）十七年，诛赵同、赵括，族灭之。韩厥曰：'赵衰、赵盾之功岂可忘乎？奈何绝祀！'乃复令赵庶子武为赵后，复与之邑。"可知，赵氏家族遭遇厄难是在晋景公执政晚期。而《史记·赵世家》却记载"赵氏孤儿"故事发生在晋景公在位早期，即"晋景公之三年"。一书之内，如此矛盾，实属罕见。

全篇《晋世家》只字不提"赵氏孤儿"故事。

此处为摘录，但文章内容繁杂，故对其中的一些相关要点做了加粗处理，并略加按语，以便读者。

晋文公重耳，晋献公之子也。自少好士，年十七，**有贤士五人：曰赵衰；狐偃咎犯，文公舅也；贾佗；先轸；魏武子。**自献公为太子时，重耳固已成人矣。

献公即位，重耳年二十一。献公十三年，以骊姬故，重耳备蒲城守秦。献公二十一年，献公杀太子申生，骊姬谗之，恐，不辞献公而守蒲城。献公二十二年，献公使宦者履鞮趣杀重耳。重耳逾垣，宦者逐斩其衣袪。重耳遂奔狄。狄，其母国也。是时重耳年四十三。从此五士，其余不名者数十人，至狄。

……

重耳至秦，缪公以宗女五人妻重耳，故子圉妻与往（**编者按：**子圉，晋惠公时曾以太子身份质于秦国，后私自逃回晋国，其在秦国所娶妻子并未跟随）。重耳不欲受，司空季子曰："其国且伐，况其故妻乎！且受以结秦亲而求入，子乃拘小礼，忘大丑乎！"遂受。缪公大欢，与重耳饮。**赵衰歌《黍苗》诗。**缪公曰："知子欲急反国矣。"赵衰与重耳下，再拜曰："孤臣之仰君，如百谷之望时雨。"是时晋惠公十四年秋。惠公以九月卒，子圉立（**编者按：**子圉即晋怀公，即位不久被杀，此乃重耳返回晋国之契机）。十一月，葬惠公。**十二月，晋国大夫栾、郤等闻重耳在秦，皆阴来劝重耳、赵衰等反国，为内应甚众。**于是秦缪公乃发兵与重耳归晋。晋闻秦兵来，亦发兵拒之。然皆阴知公子重耳入也。唯惠公之故贵臣吕、郤之属不欲立重耳。**重耳出亡凡十九岁而得入，时年六十二矣，晋人多附焉。**

文公元年春，秦送重耳至河。咎犯曰："臣从君周旋天下，过亦多矣。臣犹知之，况于君乎？请从此去矣。"重耳曰："若反国，所不与子犯共者，河伯视之！"乃投璧河中，以与子犯盟。是时介子推从，在船中，乃笑曰："天实开公子，而子犯以为己功而要市于君，固足羞也。吾不忍与同位。"乃自隐渡河。秦兵围令狐，晋军于庐柳。二月辛丑，咎犯与秦晋大夫盟于郇。壬寅，重耳入于晋师。丙午，入于曲沃。丁未，朝于武宫，**即位为晋君，是为文公。**

……

四年，楚成王及诸侯围宋，宋公孙固如晋告急。先轸曰："报施定霸，于今在矣。"狐偃曰："楚新得曹而初婚于卫，若伐曹、卫，楚必救之，则宋免矣。"

于是晋作三军。赵衰举郤縠将中军，郤臻佐之；使狐偃将上军，狐毛佐之，**命赵衰为卿**；栾枝将下军，先轸佐之；荀林父御戎，魏犨为右：往伐。**冬十二月，晋兵先下山东，而以原封赵衰。**

……

九年冬，晋文公卒，子襄公欢立。

……

（襄公）六年，赵衰成子、栾贞子、咎季子犯、霍伯皆卒。**赵盾代赵衰执政。**

七年八月，襄公卒。太子夷皋少。晋人以难故，欲立长君。赵盾曰："立襄公弟雍。好善而长，先君爱之；且近于秦，秦故好也。立善则固，事长则顺，奉爱则孝，结旧好则安。"贾季曰："不如其弟乐。辰嬴嬖于二君，立其子，民必安之。"赵盾曰："辰嬴贱，班在九人下，其子何震之有！且为二君嬖，淫也。为先君子，不能求大而出在小国，僻也。母淫子僻，无威；陈小而远，无援：将何可乎！"使士会如秦迎公子雍。贾季亦使人召公子乐于陈。**赵盾废贾季，以其杀阳处父。**十月，葬襄公。十一月，贾季奔翟。是岁，秦缪公亦卒。

灵公元年四月，秦康公曰："昔文公之入也无卫，故有吕、郤之患。"乃多与公子雍卫。太子母缪嬴日夜抱太子以号泣于朝，曰："先君何罪？其嗣亦何罪？舍适而外求君，将安置此？"出朝，则抱以适赵盾所，顿首曰："先君奉此子而属之子，曰'此子材，吾受其赐；不材，吾怨子'。今君卒，言犹在耳，而弃之，若何？"**赵盾与诸大夫皆患缪嬴，且畏诛，乃背所迎而立太子夷皋，是为灵公。**

发兵以距秦送公子雍者。**赵盾为将，往击秦，败之令狐。**先蔑、随会亡奔秦。秋，齐、宋、卫、郑、曹、许君皆会赵盾，盟于扈，以灵公初立故也。

……

十四年，灵公壮，侈，厚敛以雕墙。从台上弹人，观其避丸也。宰夫胹熊蹯不熟，灵公怒，杀宰夫，使妇人持其尸出弃之，过朝。**赵盾、随会前数谏，不听；**已又见死人手，二人前谏。随会先谏，不听。**灵公患之，使鉏麑刺赵盾。**盾闺门开，居处节，鉏麑退，叹曰："杀忠臣，弃君命，罪一也。"遂触树而死。

初，盾常田首山，见桑下有饿人。饿人，示眯明也。盾与之食，食其半。问其故，曰："宦三年，未知母之存不，愿遗母。"盾义之，益与之饭肉。已而为晋宰夫，赵盾弗复知也。九月，晋灵公饮赵盾酒，伏甲将攻盾。公宰示眯明知之，恐盾醉不能起，而进曰："君赐臣，觞三行可以罢。"欲以去赵盾，令先，毋及难。盾既去，灵公伏士未会，先纵啮狗名敖。明为盾搏杀狗。盾曰："弃人用狗，虽猛何为。"然不知明之为阴德也。**已而灵公纵伏士出逐赵盾**，示眯明反击灵公之伏士，伏士不能进，而竟脱盾。盾问其故，曰："我桑下饿人。"问其名，弗告。明亦因亡去。

盾遂奔，未出晋境。乙丑，盾昆弟将军赵穿袭杀灵公于桃园而迎赵盾。赵盾素贵，得民和；灵公少，侈，民不附，故为弑易。盾复位。晋太史董狐书曰"赵盾弑其君"，以视于朝。盾曰："弑者赵穿，我无罪。"太史曰："子为正卿，而亡不出境，反不诛国乱，非子而谁？"孔子闻之，曰："董狐，古之良史也，书法不隐。宣子，良大夫也，为法受恶。惜也，出疆乃免。"

赵盾使赵穿迎襄公弟黑臀于周而立之，是为成公。

成公者，文公少子，其母周女也。壬申，朝于武宫。

成公元年，赐赵氏为公族。

……

七年，成公与楚庄王争强，会诸侯于扈。陈畏楚，不会。晋使中行桓子伐陈，因救郑，与楚战，败楚师。**是年，成公卒，子景公据立。**

景公元年春，陈大夫夏徵舒弑其君灵公。二年，楚庄王伐陈，诛徵舒。

……

十七年，诛赵同、赵括，族灭之。韩厥曰："赵衰、赵

盾之功岂可忘乎？奈何绝祀！" 乃复令赵庶子武为赵后，复与之邑。

十九年夏，景公病，立其太子寿曼为君，是为厉公。后月余，景公卒。

……

太史公曰：晋文公，古所谓明君也，亡居外十九年，至困约，及即位而行赏，尚忘介子推，况骄主乎？**灵公既弑，其后成、景致严，至厉大刻，大夫惧诛，祸作。**悼公以后日衰，六卿专权。故君道之御其臣下，固不易哉！

［（汉）司马迁撰《史记·晋世家》，《中华国学文库》本，中华书局 2012 年版，第 1485—1525 页］

《史记·赵世家》摘录

编者按:《史记·赵世家》内含后世流传的"赵氏孤儿"的蓝本,而其中的不少故事要素多不见于《左传》《国语·晋语》等先秦文献,且与同书的《晋世家》颇有龃龉。这是比较奇特的现象。

《史记·赵世家》的材料来源可能是民间传闻,司马迁既重视文献资料,也关注民间传闻,二者构成一定程度的"互文关系"。

《史记·赵世家》里的主要人物是赵衰、赵盾、赵朔、赵武(即"赵氏孤儿")。"赵氏孤儿"故事中的屠岸贾、程婴、公孙杵臼三人,亦不见于先秦文献,而见载于《史记·赵世家》和《史记·韩世家》(此二篇关系密切,可能有相同的材料来源)。

此处为摘录,但文章内容繁杂,故对其中的一些相关要点做了加粗处理,以便读者。

赵氏之先，与秦共祖。……奄父生叔带。叔带之时，周幽王无道，去周如晋，事晋文侯，始建赵氏于晋国。

自叔带以下，赵宗益兴，五世而［至］赵夙。

赵夙，晋献公之十六年伐霍、魏、耿，而赵夙为将伐霍。霍公求奔齐。晋大旱，卜之，曰"霍太山为祟"。使赵夙召霍君于齐，复之，以奉霍太山之祀，晋复穰。晋献公赐赵夙耿。

夙生共孟，当鲁闵公之元年也。共孟生赵衰，字子馀。

赵衰卜事晋献公及诸公子，莫吉；卜事公子重耳，吉，即事重耳。重耳以骊姬之乱亡奔翟，赵衰从。翟伐廧咎如，得二女，翟以其少女妻重耳，长女妻赵衰而生盾。初，重耳在晋时，赵衰妻亦生赵同、赵括、赵婴齐。赵衰从重耳出亡，凡十九年，得反国。重耳为晋文公，赵衰为原大夫，居原，任国政。文公所以反国及霸，多赵衰计策，语在晋事中。

赵衰既反晋，晋之妻固要迎翟妻，而以其子盾为适嗣，晋妻三子皆下事之。晋襄公之六年，而赵衰卒，谥为成季。

赵盾代成季任国政二年而晋襄公卒，太子夷皋年少。盾为国多难，欲立襄公弟雍。雍时在秦，使使迎之。太子母日夜啼泣，顿首谓赵盾曰："先君何罪，释其适子而更求君？"赵盾患之，恐其宗与大夫袭诛之，乃遂立太子，是为灵公，发兵距所迎襄公弟于秦者。**灵公既立，赵盾益专国政。**

灵公立十四年，益骄。**赵盾骤谏，灵公弗听。**及食熊蹯，胹不熟，杀宰人，持其尸出，赵盾见之。**灵公由此惧，欲杀盾。**盾素仁爱人，尝所食桑下饿人反扞救盾，盾以得亡。

未出境，而赵穿弑灵公而立襄公弟黑臀，是为成公。赵盾
复反，任国政。君子讥盾"为正卿，亡不出境，反不讨贼"，
故太史书曰"赵盾弑其君"。晋景公时而赵盾卒，谥为宣孟，
子朔嗣。

赵朔，晋景公之三年，朔为晋将下军救郑，与楚庄王
战河上。朔娶晋成公姊为夫人。

晋景公之三年，大夫屠岸贾欲诛赵氏。初，赵盾在时，
梦见叔带持要而哭，甚悲；已而笑，拊手且歌。盾卜之，兆
绝而后好。赵史援占之，曰："此梦甚恶，非君之身，乃君
之子，然亦君之咎。至孙，赵将世益衰。"**屠岸贾者，始有
宠于灵公，及至于景公而贾为司寇，将作难，乃治灵公之
贼以致赵盾**，遍告诸将曰："盾虽不知，犹为贼首。以臣弑
君，子孙在朝，何以惩罪？请诛之。"韩厥曰："灵公遇贼，
赵盾在外，吾先君以为无罪，故不诛。今诸君将诛其后，
是非先君之意而今妄诛。妄诛谓之乱。臣有大事而君不闻，
是无君也。"屠岸贾不听。韩厥告赵朔趣亡。朔不肯，曰：
"子必不绝赵祀，朔死不恨。"**韩厥许诺，称疾不出**。贾不
请而擅与诸将攻赵氏于下宫，**杀赵朔、赵同、赵括、赵婴齐，
皆灭其族**。

赵朔妻成公姊，有遗腹，走公宫匿。赵朔客曰公孙杵臼，
杵臼谓朔友人程婴曰："胡不死？"程婴曰："朔之妇有遗腹，
若幸而男，吾奉之；即女也，吾徐死耳。"居无何，而朔妇
免身，生男。屠岸贾闻之，索于宫中。夫人置儿绔中，祝曰：
"赵宗灭乎，若号；即不灭，若无声。"及索，儿竟无声。已
脱，程婴谓公孙杵臼曰："今一索不得，后必且复索之，奈
何？"**公孙杵臼曰："立孤与死孰难？"程婴曰："死易，立**

孤难耳。"公孙杵臼曰:"赵氏先君遇子厚,子强为其难者,吾为其易者,请先死。"乃二人谋取他人婴儿负之,衣以文葆,匿山中。程婴出,谬谓诸将军曰:"婴不肖,不能立赵孤。谁能与我千金,吾告赵氏孤处。"诸将皆喜,许之,发师随程婴攻公孙杵臼。杵臼谬曰:"小人哉程婴!昔下宫之难不能死,与我谋匿赵氏孤儿,今又卖我。纵不能立,而忍卖之乎!"抱儿呼曰:"天乎天乎!赵氏孤儿何罪?请活之,独杀杵臼可也。"诸将不许,遂杀杵臼与孤儿。诸将以为赵氏孤儿良已死,皆喜。然赵氏真孤乃反在,程婴卒与俱匿山中。

居十五年,晋景公疾,卜之,大业之后不遂者为祟。景公问韩厥,厥知赵孤在,乃曰:"大业之后在晋绝祀者,其赵氏乎?夫自中衍者皆嬴姓也。中衍人面鸟噣,降佐殷帝大戊,及周天子,皆有明德。下及幽、厉无道,而叔带去周适晋,事先君文侯,至于成公,世有立功,未尝绝祀。今吾君独灭赵宗,国人哀之,故见龟策。唯君图之。"景公问:"赵尚有后子孙乎?"韩厥具以实告。于是景公乃与韩厥谋立赵孤儿,召而匿之宫中。诸将入问疾,景公因韩厥之众以胁诸将而见赵孤。赵孤名曰武。诸将不得已,乃曰:"昔下宫之难,屠岸贾为之,矫以君命,并命群臣。非然,孰敢作难!微君之疾,群臣固且请立赵后。今君有命,群臣之愿也。"于是召赵武、程婴遍拜诸将,遂反与程婴、赵武攻屠岸贾,灭其族。复与赵武田邑如故。

及赵武冠,为成人,程婴乃辞诸大夫,谓赵武曰:"昔下宫之难,皆能死。我非不能死,我思立赵氏之后。今赵武既立,为成人,复故位,我将下报赵宣孟与公孙杵臼。"

赵武啼泣顿首固请，曰："武愿苦筋骨以报子至死，而子忍
去我死乎！"程婴曰："不可。彼以我为能成事，故先我死；
今我不报，是以我事为不成。"**遂自杀**。赵武服齐衰三年，
为之祭邑，春秋祠之，世世勿绝。

〔（汉）司马迁撰《史记·赵世家》，《中华国学文库》本，
中华书局 2012 年版，第 1601—1606 页〕

《史记·魏世家》摘录

编者按：摘录《史记·魏世家》，是为了说明《赵氏孤儿》杂剧第五折写魏绛出场是有文献依据的。

魏绛的政治活动主要是在晋悼公时期。第五折魏绛自报家门："小官乃晋国上卿魏绛是也。方今悼公在位。有屠岸贾专权，将赵盾满门良贱尽皆杀绝。"其说"方今悼公在位"，是依据《史记·魏世家》，但杂剧作者将"屠岸贾专权"事件嫁接、后移至晋悼公时期，显然是一种生硬的"牵合"。

杂剧第一折已经写韩厥自尽，魏绛在第五折出场，是为了补韩厥的"缺"。历史上赵武的复立是得到韩厥的辅助的（可参见《史记·赵世家》及《史记·韩世家》），这一角色在杂剧中由魏绛"替代"了。

但是，全篇《魏世家》只字未提魏绛与"赵氏孤儿"的关系。

魏之先，毕公高之后也。毕公高与周同姓。武王之伐纣，而高封于毕，于是为毕姓。其后绝封，为庶人，或在中国，或在夷狄。其苗裔曰毕万，事晋献公。

献公之十六年……以魏封毕万。……毕万封十一年，晋献公卒，四子争更立，晋乱。而毕万之世弥大，从其国名为魏氏。生武子。魏武子以魏诸子事晋文公重耳。晋献公之二十一年，武子从重耳出亡。十九年反，重耳立为晋文公，而令魏武子袭魏氏之后封，列为大夫，治于魏。生悼子。

魏悼子徙治霍。生魏绛。

魏绛事晋悼公。悼公三年，会诸侯。悼公弟杨干乱行，魏绛僇辱杨干。悼公怒曰："合诸侯以为荣，今辱吾弟！"将诛魏绛。或说悼公，悼公止。卒任魏绛政，使和戎、翟，戎、翟亲附。悼公之十一年，曰："自吾用魏绛，八年之中，九合诸侯，戎、翟和，子之力也。"赐之乐，三让，然后受之。徙治安邑。魏绛卒，谥为昭子。生魏嬴，嬴生魏献子。

……

晋顷公之十二年，韩宣子老，魏献子为国政。……献子与赵简子、中行文子、范献子并为晋卿。

［（汉）司马迁撰《史记·魏世家》，《中华国学文库》本，中华书局 2012 年版，第 1647—1649 页］

《史记·韩世家》摘录

编者按：《史记·韩世家》里最重要的人物是成功辅助"赵氏孤儿"赵武复立的韩厥。篇中也出现了屠岸贾、程婴、公孙杵臼的名字，涉及"赵氏孤儿"的文字大致与《史记·赵世家》相合。

《史记·韩世家》篇末，司马迁对韩厥、程婴、公孙杵臼的"忠义"之举加以表彰，从中可窥见太史公对"赵氏孤儿"故事的偏爱。

韩之先与周同姓，姓姬氏。其后苗裔事晋，得封于韩原，曰韩武子。武子后三世有韩厥，从封姓为韩氏。

韩厥，晋景公之三年，晋司寇屠岸贾将作乱，诛灵公之贼赵盾。赵盾已死矣，欲诛其子赵朔。韩厥止贾，贾不听。厥告赵朔令亡。朔曰："子必能不绝赵祀，死不恨矣。"韩厥许之。及贾诛赵氏，厥称疾不出。程婴、公孙杵臼之藏赵孤赵武也，厥知之。

景公十一年，厥与郤克将兵八百乘伐齐，败齐顷公于鞍，获逢丑父。于是晋作六卿，而韩厥在一卿之位，号为献子。

晋景公十七年，病，卜大业之不遂者为祟。韩厥称赵成季之功，今后无祀，以感景公。景公问曰："尚有世乎？"厥于是言赵武，而复与故赵氏田邑，续赵氏祀。

晋悼公之七年，韩献子老。献子卒，子宣子代。宣子徙居州。

……

太史公曰：韩厥之感晋景公，绍赵孤之子武，以成程婴、公孙杵臼之义，此天下之阴德也。韩氏之功，于晋未睹其大者也。然与赵、魏终为诸侯十余世，宜乎哉！

［（汉）司马迁撰《史记·韩世家》，《中华国学文库》本，中华书局2012年版，第1673—1674页］

《新序》《说苑》摘录

编者按：西汉刘向（约前 77—前 6）先后编撰了《新序》和《说苑》，这两部书均属故事类编，二书所收录的故事大体并不重复，可是，也有例外，即两部书都编入了"赵氏孤儿"的故事，分别见《新序·节士》与《说苑·复恩》。这两个文本基本一致，大致来源于《史记·赵世家》及《史记·韩世家》。然而，侧重点有所不同，前者更着眼于"气节"，故而程婴的形象比较突出；后者则更看重"报恩"，故而韩厥成了故事的主人公。

东汉王充（27—约 97）《论衡·吉验》也扼要叙述了"赵氏孤儿"的"脱险出宫"的故事，提到起因是"屠岸贾作难"，事件经过大致与《新序》《说苑》的记述相符，而文字更为简约，惟独没有提及公孙杵臼其人。为免累赘，今不录。

此外，《说苑·立节》收入鉏麑触树而死的故事，但人名写作"鉏之弥"。

《新序·节士》：

公孙杵臼、程婴者，晋大夫赵朔客也。晋赵穿弑灵公，赵盾时为贵大夫，亡不出境，还不讨贼，故《春秋》责之，以盾为"弑君"。

屠岸贾者，幸于灵公。晋景公时，贾为司寇，欲讨灵公之贼。盾已死，欲诛盾之子赵朔，遍告诸将曰："盾虽不知，犹为贼首，贼臣弑君，子孙在朝，何以惩罚？请诛之。"韩厥曰："灵公遇贼，赵盾在外，吾先君以为无罪，故不诛。今诸君将妄诛，妄诛谓之乱臣。有大事君不闻，是无君也。"屠岸贾不听。

韩厥告赵朔趣亡，赵朔不肯。曰："子必不绝赵祀，予死不恨。"韩厥许诺，称疾不出。

贾不请而擅与诸将攻赵氏于下宫，杀赵朔、赵同、赵括、赵婴齐，皆灭其族。赵朔妻，成公姊，有遗腹，走公宫匿。公孙杵臼谓程婴曰："胡不死？"婴曰："朔之妻有遗腹，若幸而男，吾奉之；即女也，吾徐死耳。"无何而朔妻免生男。屠岸贾闻之，索于宫。朔妻置儿袴中，祝曰："赵宗灭乎，若号；即不灭乎，若无声。"及索，儿竟无声。已脱，程婴谓杵臼曰："今一索不得，后必且复之，奈何？"杵臼曰："立孤与死，孰难？"婴曰："立孤亦难耳！"杵臼曰："赵氏先君遇子厚，子强为其难者，吾为其易者，吾请先死。"而二人谋取他婴儿，负以文褓，匿山中。

婴谓诸将曰："婴不肖，不能立孤，谁能与吾千金，吾告赵氏孤处。"诸将皆喜，许之，发师随婴攻杵臼。杵臼曰："小人哉程婴！下宫之难，不能死，与我谋匿赵氏孤儿，今又卖之。纵不能立孤儿，忍卖之乎？"抱而呼："天乎！赵氏孤儿何罪？请活之，独杀杵臼也！"诸将不许，遂并杀杵臼与儿。

诸将以为赵氏孤儿已死，皆喜。然赵氏真孤儿乃在，程婴卒与俱匿山中。

居十五年，晋景公病，卜之，大业之胄者为祟。景公问韩厥。韩厥知赵孤存，乃曰："大业之后，在晋绝祀者，其赵氏乎？夫自中行衍，皆嬴姓也。中行衍人面鸟噣，降佐帝大戊及周天子，皆有明德。下及幽、厉无道，而叔带去周适晋，事先君缪侯，至于成公，世有立功，未尝绝祀。今及吾君，独灭之赵宗，国人哀之，故见龟策出见。唯君图之。"景公问："赵尚有后子孙乎？"韩厥具以实告。

景公乃以韩厥谋立赵孤儿，召匿之宫中。诸将入问病，景公因韩厥之众，以胁诸将而见赵孤儿。孤儿名武。诸将不得已，乃曰："昔下宫之难，屠岸贾为之，矫以君命，并命群臣；非然，孰敢作难？微君之病，群臣固将请立赵后；今君有命，群臣愿之。"于是召赵武、程婴遍拜诸将。遂俱与程婴、赵氏攻屠岸贾，灭其族。复与赵氏田邑如故。

赵武冠为成人，程婴乃辞大夫，谓赵武曰："昔下宫之难，皆能死，我非不能死，思立赵氏后。今子既立，为成人，赵宗复故，我将下报赵孟与公孙杵臼。"赵武号泣，固请曰："武愿苦筋骨以报子至死，而子忍弃我而死乎？"程婴曰："不可，彼以我为能成事，故皆先我死。今我不下报之，是以我事为不成也。"遂自杀。

赵武服衰三年，为祭邑，春秋祠之，世不绝。君子曰：

"程婴、公孙杵曰，可谓信交厚士矣。婴之自杀下报，亦过矣。"

[（汉）刘向撰，赵仲邑注《新序详注》，中华书局 1997 年版，第 227—229 页]

《说苑·复恩》:

晋赵盾举韩厥，晋君以为中军尉。赵盾死，子朔嗣为卿。至景公三年，赵朔为晋将。朔取成公姊为夫人。大夫屠岸贾欲诛赵氏。初，赵盾在时，梦见叔带持龟要而哭，甚悲；已而笑，拊手且歌。盾卜之，占兆绝而后好。赵史援占曰："此甚恶。非君之身，乃君之子；然亦君之咎也。"至子赵朔，世益衰。

屠岸贾者，始有宠于灵公。及至于晋景公，而贾为司寇。将作难，乃治灵公之贼，以致赵盾，遍告诸将曰："赵穿弑灵公，盾虽不知，犹为首贼。臣杀君，子孙在朝，何以惩罪？请诛之！"韩厥曰："灵公遇贼，赵盾在外，吾先君以为无罪，故不诛；今诸君将诛其后，是非先君之意而后妄诛；妄诛谓之乱臣。有大事而君不闻，是无君也。"屠岸贾不听。

厥告赵朔趋亡，赵朔不肯，曰："子必不绝赵祀，朔死且不恨。"韩厥许诺，称疾不出。

贾不请而擅与诸将攻赵氏于下宫，杀赵朔、赵同、赵括、赵婴齐，皆灭其族。朔妻，成公姊，有遗腹，走公宫匿；后生男，乳；朔客程婴持亡匿山中。

居十五年，晋景公疾，卜之，曰："大业之后不遂者为祟。"景公疾问韩厥。韩厥知赵孤在，乃曰："大业之后，在晋绝祀者，其赵氏乎！夫自中衍皆嬴姓也，中衍人面鸟喙，降佐殷帝太戊；及周天子，皆有明德。下及幽、厉无道，而叔带去周适晋，事先君文侯，至于成公。世有立功，未尝有绝祀；今及吾君，独灭之赵宗，国人哀之，故见龟策，唯君图之。"景公问曰："赵尚有后子孙乎？"韩厥具以实对。

于是景公乃与韩厥谋立赵孤儿，召而匿之宫中。诸将入问疾，景公因韩厥之众，以胁诸将而见赵孤。孤名曰武。诸将不得已，乃曰："昔下官之难，屠岸贾为之，矫以君令，并命群臣；非然，孰敢作难？微君之疾，群臣固且请立赵后；今君有令，群臣之愿也。"于是召赵武、程婴遍拜诸将军。将军遂返与程婴、赵武攻屠岸贾，灭其族。复与赵武田邑如故。

故人安可以无恩？夫有恩于此，故复于彼。非程婴则赵孤不全，非韩厥则赵后不复。韩厥可谓不忘恩矣。

［（汉）刘向撰，向宗鲁校证《说苑校证》，中华书局1987年版，第132—135页］

《说苑·立节》：

晋灵公暴，赵宣子骤谏，灵公患之，使鉏之弥贼之；鉏之弥晨往，则寝门辟矣，宣子盛服将朝；尚早，坐而假寝。之弥退，叹而言曰："不忘恭敬，民之主也。贼民之主，不忠；弃君之命，不信。有一于此，不如死也。"遂触槐而死。

［（汉）刘向撰，向宗鲁校证《说苑校证》，中华书局1987年版，第82—83页］

主要参考文献

中国十大古典悲剧集　王季思主编　上海文艺出版社 1982 年版

元曲释词　顾学颉、王学奇　中国社会科学出版社 1983—1990 年版

说苑校证　（汉）刘向撰　向宗鲁校证　中华书局 1987 年版

吕氏春秋　（汉）高诱注　《诸子集成》本　上海书店 1990 年版

新序详注　（汉）刘向撰　赵仲邑注　中华书局 1997 年版

中国曲学大辞典　齐森华、陈多、叶长海主编　浙江教育出版社 1997 年版

全元戏曲　王季思主编　人民文学出版社 1999 年版

元人杂剧选　顾学颉选注　人民文学出版社 2007 年版

《赵氏孤儿》与《中国孤儿》　范希衡著　上海古籍出版社 2010 年版

赵氏孤儿　（元）纪君祥等撰　上海古籍出版社 2010 年版

史记　（汉）司马迁撰　《中华国学文库》本　中华书局 2012 年版

赵氏孤儿 （元）纪君祥著   杨胜朋、周明初校注   长春出版社
2013 年版

国语集解（修订本） 徐元诰撰   王树民、沈长云点校   中华书局
2015 年版

赵氏孤儿   北京市文史研究馆、长安大戏院编著   北京出版社
2016 年版

春秋左传注   杨伯峻编著 《中华国学文库》本   中华书局 2020
年版

《中华传统文化百部经典》已出版图书

书　名	解读人	出版时间
周易	余敦康	2017 年 9 月
尚书	钱宗武	2017 年 9 月
诗经（节选）	李　山	2017 年 9 月
论语	钱　逊	2017 年 9 月
孟子	梁　涛	2017 年 9 月
老子	王中江	2017 年 9 月
庄子	陈鼓应	2017 年 9 月
管子（节选）	孙中原	2017 年 9 月
孙子兵法	黄朴民	2017 年 9 月
史记（节选）	张大可	2017 年 9 月
传习录	吴　震	2018 年 11 月
墨子（节选）	姜宝昌	2018 年 12 月
韩非子（节选）	张　觉	2018 年 12 月
左传（节选）	郭　丹	2018 年 12 月
吕氏春秋（节选）	张双棣	2018 年 12 月
荀子（节选）	廖名春	2019 年 6 月
楚辞	赵逵夫	2019 年 6 月
论衡（节选）	邵毅平	2019 年 6 月
史通（节选）	王嘉川	2019 年 6 月
贞观政要	谢保成	2019 年 6 月
战国策（节选）	何　晋	2019 年 12 月
黄帝内经（节选）	柳长华	2019 年 12 月
春秋繁露（节选）	周桂钿	2019 年 12 月
九章算术	郭书春	2019 年 12 月
齐民要术（节选）	惠富平	2019 年 12 月
杜甫集（节选）	张忠纲	2019 年 12 月
韩愈集（节选）	孙昌武	2019 年 12 月
王安石集（节选）	刘成国	2019 年 12 月
西厢记	张燕瑾	2019 年 12 月

书　名	解读人	出版时间
聊斋志异（节选）	马瑞芳	2019 年 12 月
礼记（节选）	郭齐勇	2020 年 12 月
国语（节选）	沈长云	2020 年 12 月
抱朴子（节选）	张松辉	2020 年 12 月
陶渊明集	袁行霈	2020 年 12 月
坛经	洪修平	2020 年 12 月
李白集（节选）	郁贤皓	2020 年 12 月
柳宗元集（节选）	尹占华	2020 年 12 月
辛弃疾集（节选）	王兆鹏	2020 年 12 月
本草纲目（节选）	张瑞贤	2020 年 12 月
曲律	叶长海	2020 年 12 月
孝经	汪受宽	2021 年 6 月
淮南子（节选）	陈　静	2021 年 6 月
太平经（节选）	罗　炽	2021 年 6 月
曹操集	刘运好	2021 年 6 月
世说新语（节选）	王能宪	2021 年 6 月
欧阳修集（节选）	洪本健	2021 年 6 月
梦溪笔谈（节选）	张富祥	2021 年 6 月
牡丹亭	周育德	2021 年 6 月
日知录（节选）	黄　坤	2021 年 6 月
儒林外史（节选）	李汉秋	2021 年 6 月
商君书	蒋重跃	2022 年 6 月
新书	方向东	2022 年 6 月
伤寒论	刘力红	2022 年 6 月
水经注（节选）	李晓杰	2022 年 6 月
王维集（节选）	陈铁民	2022 年 6 月
元好问集（节选）	狄宝心	2022 年 6 月
赵氏孤儿	董上德	2022 年 6 月
王祯农书（节选）	孙显斌	2022 年 6 月
三国演义（节选）	关四平	2022 年 6 月
文史通义（节选）	陈其泰	2022 年 6 月

书　　名	解读人	出版时间
汉书（节选）	许殿才	2022 年 12 月
周易略例	王锦民	2022 年 12 月
后汉书（节选）	王承略	2022 年 12 月
通典（节选）	杜文玉	2022 年 12 月
资治通鉴（节选）	张国刚	2022 年 12 月
张载集（节选）	林乐昌	2022 年 12 月
苏轼集（节选）	周裕锴	2022 年 12 月
陆游集（节选）	欧明俊	2022 年 12 月
徐霞客游记（节选）	赵伯陶	2022 年 12 月
桃花扇	谢雍君	2022 年 12 月
法言	韩敬、梁涛	2023 年 12 月
颜氏家训	杨世文	2023 年 12 月
大唐西域记（节选）	王邦维	2023 年 12 月
法书要录（节选） 历代名画记	祝　帅	2023 年 12 月
耶律楚材集（节选）	刘　晓	2023 年 12 月
水浒传（节选）	黄　霖	2023 年 12 月
西游记（节选）	刘勇强	2023 年 12 月
乐律全书（节选）	李　玫	2023 年 12 月
读通鉴论（节选）	向燕南	2023 年 12 月
孟子字义疏证	徐道彬	2023 年 12 月
嵇康集	崔富章	2024 年 12 月
白居易集（节选）	陈才智	2024 年 12 月
李清照集（节选）	诸葛忆兵	2024 年 12 月
近思录	查洪德	2024 年 12 月
林则徐集	杨国桢	2024 年 12 月